南町 番外同心 4

幻の御世継ぎ

牧 秀彦

二見時代小説文庫

南町 番外同心4――幻の御世継ぎ

目次

第一章　長雨《ながあめ》は止んだ

一

空は暗くも澄みきっていた。

日の出にはまだ早い、夜明け前の空である。

文化《ぶんか》九年（一八一二）の水無月《みなづき》は、洋暦の七月上旬から八月の上旬。江戸を含めた関八州《かんはっしゅう》では梅雨《つゆ》が明け、夏の暑さが盛りとなる頃だ。

未《いま》だ明けない空の下、勝手口から若い男が姿を見せた。

ここは八丁堀《はっちょうぼり》に建ち並ぶ、町方同心の組屋敷。

庭に立つのは色の白い細面《ほそおもて》に品《ひん》のある、坊主頭の青年だ。

並より小柄な体に筒袖を纏《まと》い、野袴《のばかま》を穿いている。

青年の一日の始まりは早い。

季節を問わず、夜が明ける前に目を覚《さ》ます。

何処で身に付いたことなのかは思い出せず、親が付けた名も知らない。

この青年は若様と呼ばれている。

最初はからかい半分だったのが、敬意の込められた通り名となって久しい。

きっかけは南町奉行に見出され、影の御用に就いたこと。

華のお江戸の司法と行政を担う町奉行の配下に属し、それぞれの御役目に専従する与力と同心は組織上、一番組から五番組に分けられている。

しかし、若様はいずれの組にも属していない。

その立場は言うなれば番外同心。

将軍家の御膝元である華のお江戸を護《まも》るため、人知れず悪と戦う立場になって二年目を迎えていた。

井戸端に出た若様は釣瓶《つるべ》を降ろし、汲み上げた水を桶《おけ》に注いだ。

組屋敷の庭に掘られた井戸の水は、自然に湧き出たものではない。江戸市中の地下に張り巡らされた水道——木や石で作られた樋《ひ》によってもたらされる上水だ。

洗顔を終えた若様は、剃刀《かみそり》を取り出した。

手桶に残った水で濡らし、一日分の毛を蓄えた坊主頭に当てていく。余すことなく剃り落とし、毛の根が太い後頭部に手こずることもない。

手際よく髭も剃り、脂を纏った薄刃を濯《すす》いで懐に戻す。

東の空が明るくなってきた。

井戸端から離れた若様は、昇る朝日に向かって合掌をする。

剃りたての頭を煌《きら》めかせ、体《たい》を捌《さば》く。

繰り出したのは正拳突き。唐土《もろこし》渡りの拳法《けんぽう》だ。

続けざまに繰り出す拳が空を裂き、手刀と足刀が風を切る。

過去の記憶を失っても忘れ得ない、類《たぐ》い稀《まれ》なる妙技であった。

二

八丁堀の組屋敷を後にした若様は、千代田《ちよだ》の御城に足を向けた。

炎天の下にそびえる本丸を左手に見ながら御堀端を歩き、立ち止まった先には清水《しみず》御門《ごもん》。徳川《とくがわ》将軍家代々の居城を護る内曲輪《うちぐるわ》の見付《みつけ》門は、後に日本武道館《にっぽんぶどうかん》が建てられる北の丸への入口を兼ねていた。

前に踏み出す装いは、いつもと異なるものだった。

常着《つねぎ》の筒袖と野袴の代わりに纏うのは白帷子《しろかたびら》小袖に十徳《じっとく》。単衣《ひとえ》に仕立てた白帷子小袖は端午《たんご》の節句から葉月《はづき》まで、登城の大名や旗本も着用する夏の着物である。上に重ねた十徳は茶人や医者が専《もっぱ》ら用いる、僧侶の直綴《じきとつ》を原形とした羽織の一種だ。

以前と違って、坊主頭を鬘《かつら》で隠してはいない。小脇差を一振りだけ帯前に差すのはいつもと同じ、外出《そとで》をする時の習慣だ。

左手に提げているのは、畳んだ着衣を角帯《かくおび》で締めたもの。

何ら恥じた素振りもなく、若様は再び歩き出す。

荷物持ちを伴うことなど、考えてもいない様子であった。

若様の素性《すじょう》を知らずに目《ま》の当たりにすれば、さぞ戸惑うことであろう。

御城勤めの坊主に見えなくもなかったが、若様が生まれ持つ高貴な雰囲気は千代田の御城中で大名諸侯の世話を焼き、礼金を稼ぐ茶坊主衆には無いものだ。

らしからぬ姿で清水御門を潜《くぐ》りゆく坊主頭の青年を、番士たちは見咎《みとが》めなかった。

「各々方《おのおのがた》様、本日も御役目ご苦労にございまする」

三人一組の番士に向かって、若様は快活に声をかけた。

「痛み入り申す」

「貴公こそ大儀《たいぎ》にござるな」

「ささ、疾《と》くお通りなされ」

労をねぎらう若様に謝意を述べ、通行を許可する番士たち。口数こそ少なかったが態度は丁重そのものだ。

昼夜の別なく警戒の厳重な御門を、若様は難なく潜り抜けた。

御門の内のすぐ右手に、一軒の御屋敷が在《あ》る。

この将軍家御用の御屋敷で暮らす一人の少年に拳法指南を所望《しょもう》され、八丁堀と清水御門を行き来する立場となってから、早くも半年が経とうとしていた。

「ハッ」

若様の鋭い気合いが、昼下がりの庭に立ち込める熱気を裂く。

気合いと共に繰り出す鉄拳が唸りを上げ、突きの風圧で袖《そで》が鳴る。

坊主頭を陽光に煌めかせ、若様は続けざまに蹴りを放った。

色の白い細面が上品なのは常の如くだが、並より低い身の丈《たけ》が急に伸びたかのように見える。

小さな体を大きく使い、一本の鞭《むち》の如く振るっているが故である。

迅速《じんそく》にして力強い体の捌きだ。

相手の攻めを受け止め、受け流す防御の所作を交えていても動きは澱《よど》みない。

「ハッ！」

遅れまいと発する気合いの主《ぬし》は菊千代《きくちよ》だ。

未だ固太りで丸顔ながら、稽古を始めた半年前より足腰が引き締まってきた。

どんぐり眼《まなこ》を剝《む》いて意気込む余りに肩を強張《こわば》らせ、素人の操る傀儡《くぐつ》さながらのぎこちない動きを晒《さら》すこともない。

年が改まって十二になった菊千代は徳川御三卿《ごさんきょう》、清水家の三代当主。

去る文化八年の暮れに念願叶い、若様を指南役に迎えたのである。

この半年の間には、華のお江戸で幾つかの事件が起きた。

火の粉が降りかかったのは若様だけではない。

南町奉行所の番外同心として影の御用を務める若様と親しい、北町奉行所の隠密《おんみつ》廻《まわり》同心で『北町の爺様』の異名を取る八森十蔵《やもりじゆうぞう》と和田壮平《わだそうへい》も、師走《しわす》から年明けにかけて命に関わる大事に直面した。

十蔵と壮平は幸いに死線を乗り越え、若様も何とか一命を拾った。

菊千代の指南役として、今も清水屋敷に通うことができるのは喜ばしい。

しかしながら、耐え難いこともある。

江戸に居着いて二年目を迎えても慣れない、夏の暑さだ。

名前を含めた過去を子細まで思い出せずとも、体が覚えていることはある。

赤子の頃に預けられ、僧の修行と拳法の鍛錬を積んだと目《もく》される禅寺は、夏場も涼しい地に在ったらしい。

拳士として鍛え抜かれた心身を以《もっ》てしても耐え難いが、暑さ如きに音《ね》を上げていては菊千代を教え導くことは叶うまい――。

「ハッ！」

「ハッ」

毅然《きぜん》と発する若様の気合いに負けじと、菊千代が声を張り上げた。

この少年は当代の将軍である、徳川家斉《いえなり》の七男だ。

腹違いの兄で清水家の二代目となった敦之助《あつのすけ》の亡き後を受け、三代目の当主として継いだ立場に、年少の身ながらも気概を持っていた。

誇り高き少年当主は、裏に絡《から》んだ大人たちの思惑を与り知らない。

清水家の三代目にされたのは家斉の一存ではなく、同じ御三卿の一橋《ひとつばし》家の先代当主だった徳川治済《はるさだ》の意向があってのこと。

菊千代の祖父に当たる治済は、当年取って六十二。

家斉が十代将軍だった家治《いえはる》の養嗣子《ようしし》となり、首尾よく将軍職に就いたのは実の父である治済の策略に因《よ》るという。家治の一人息子で俊才の誉れの高かった家基《いえもと》が十八の若さで急逝《きゅうせい》したのも、稀代《きたい》の策士の治済が仕組んだことと目されたが、未だ真相は明らかにされていなかった。

還暦を過ぎても治済の野心は尽きず、将軍家のみならず徳川の名を冠する全ての家を一橋家の血族で統《す》べる望みを抱いている。

その野望を完遂《かんすい》するために仕込んだ手駒が菊千代なのだ。

将軍家は八代吉宗《よしむね》以来、御三家の紀州《きしゅう》徳川家の血筋だ。

吉宗の孫が治済で、家斉は曾孫。

菊千代は玄孫《やしゃご》ということになる。

その菊千代を養嗣子にして、一橋の本家と言うべき紀州徳川家を手に入れる。

それが稀代の策士たる、治済の最後の野望なのだ。

この邪《よこしま》な企《たくら》みを若様に明かしたのは、玄界灘《げんかいなだ》の離れ島で出会った童形の巫女《みこ》。

異能《いのう》の力によって予見された未来そのものを、若様が覆《くつがえ》すのは難しい。

遠からず、菊千代は紀州徳川家へ養子に出される。

清水家の三代当主となったのは腰掛けに過ぎず、本来の使命は未だ名君の誉れ高い吉宗公の栄《は》えある御生家を、玄孫として受け継ぐことだったと知るに及ぶのだ。

もとより当人は望んでもいない話であろう。

半年に亘って側近くで接した若様に、菊千代は胸の内を明かしていた。

菊千代は年少ながら、今の立場に誇りを持っている。

清水家は同じ御三卿でも、一橋と田安《たやす》の両家より格が低い。

それでも任されたからには、当主という立場に恥じぬ武士《もののふ》になりたい。

若様を指南役に迎える以前は柔術に熱中し、行き過ぎた鍛錬を止めさせようとする側仕えの者たちの目を盗んで独《ひと》り勤《いそ》しんできたのも、徳川の名を冠する男子の一人としての、強い気概があってのことだったという。

そんな少年らしい誇りなど、治済には何の意味もなかった。

幼くも真摯《しんし》な誇りを無下にして、悔やむこともないだろう。治済が祖父として菊千代に期待を寄せているとすれば、兄や弟たちより丈夫なことぐらいであった。

紀州徳川家で父の家斉さながらに子作りに勤しめば、自《おの》ずと男子が生まれる確率も高くなる。その子を将軍家に迎えれば一橋家の血統は更に安泰となるわけだ。

家斉の次に将軍の座に就く世子《せいし》は幼くして亡くなった長男に代わり、二男の家慶《いえよし》と決まって久しい。

菊千代より八つ上の家慶は、当年二十。

家斉も未だ四十と若い上、精力旺盛にして意気盛ん。

単なる漁色漢《ぎょしょくかん》ではなく、武家の棟梁の名に恥じぬ強者であることは、若様も先頃に思い知らされた。

流石《さすが》は吉宗公の御子孫だ——。

直《じか》に立ち合い、骨身に染みたことである。

一橋家の男たちには、吉宗から受け継がれた才覚が備わっている。

家斉には武人の才。治済には謀略の才だ。

在りし日の吉宗は知勇兼備《ちゆうけんび》である一方、陰謀にも秀《ひい》でていたとの説がある。

二人の兄を病に見せかけて次々に始末させ、紀州徳川を、更には八代将軍の座を手に入れたのではないか、と見なす向きもあるからだ。

吉宗の策士としての一面にまつわる話の真偽は不明だが、家斉に吉宗譲りの武人の才があるのは事実。

そして菊千代は、父の家斉によく似ている。

正しく育てば紀州徳川の家督を継ぐに値する、若武者となることだろう。

しかし誤った道に進めば、稀代の暗君《あんくん》にもなりかねない。

そんな結末を招いてはなるまい。

菊千代を教え導きたい。

それが先達《せんだつ》として為すべき使命であると、若様は心に決めていた。

三

稽古に勤しむ二人の向こうに、瀟洒《しょうしゃ》な庭園が広がっている。

吹き抜ける風が剪定《せんてい》の行き届いた木々の枝をそよがせ、満々と水を湛《たた》えた池泉《ちせん》に波が立つ。

涼《りょう》を誘う景観に、菊千代は目も呉《く》れない。

師弟の二人が繰り出す技は、突きと蹴りだけではなかった。

前にかざした左手指の一撃は目潰し。

低い位置を狙っての足蹴《そくしゅう》は金的《きんてき》蹴り。

かの達磨大師《だるまだいし》が印度《いんど》から唐土の少林寺《しょうりんじ》に伝えたとされる拳法は相手を失神させて

も命は奪わず、目潰しと金的蹴りも深手には至らぬように加減をする。殺生を許されぬ僧侶の護身の術として、古来より受け継がれてきたからだ。

人を殺さぬ剣技を活人剣《かつじんけん》と称するが、拳法もまた同じ。

その手を血で穢《けが》すことを戒められる将軍の子弟たちにとっても、有事の備えとして望ましいと言えよう。

稽古に勤しむ若様と菊千代の装いは、刺子《さしこ》の筒袖と裾短《すそみじか》に仕立てた野袴。

木綿の分厚い生地は、搾《しぼ》れそうなほど汗に塗《まみ》れている。

夏の盛りの日差しは強い。

菊千代も若様に劣らぬ汗っ掻き。昼下がりの陽光となれば尚のこと厳しいが、梅雨が明けきるまで蒸し暑い屋敷の内に籠もっての稽古を余儀なくされた日々を思い起こせば、とめどなく伝い流れる汗も苦にはならなかった。

苦になると思うこと自体が不遜であろう。

菊千代は若様の指南を切に願った。

その願いに若様は応えてくれたのだ。

恩師の名を、菊千代は未だ知らない。

当の若様が来し方を思い出せずにいるのであれば、是非に及ばぬ話であった。

「ハーッ！」

菊千代は気合いも高らかに蹴りを放った。

「ハッ」

対する若様の気合いは、鋭くも重い響き。

同じ技でも別格なのは無理もあるまい。

師事《しじ》して未だ半年の少年が、容易に真似のできることとは違うのだ。

人は己が体であっても十全に使いこなせぬものだが、若様は違う。

どれほど足場が悪かろうとも体の軸を崩すことなく、安定した姿勢を保持する。

菊千代が若様と初めて出会ったのは、去る年の卯月《うづき》八日。

灌仏会《かんぶつえ》の朝が訪れるにはまだ早い、丑《うし》三つ時のことである。

かねてより若様は毎月八日になると清水屋敷へ忍び入り、家中の者は誰も近寄らぬ開かずの間に天井裏から入り込んで、独り経を唱えるのを常としていた。そのことに気付きながら黙して語らずにいた菊千代だったが、勇を奮って独《ひと》りで挑んだのだ。

清水屋敷の警固役を務める小十人組が騒ぎを察し、大挙して迫ったのを若様が寄せ付けず、一蹴《いっしゅう》した光景を思い出すたびに少年の胸は躍る。

元服前とはいえ当主である以上、本来ならば師事《しじ》するどころか咎めるべきだろう。

しかし若様が清水屋敷に忍び込んだのは、しかるべき理由があってのことのはず。

そうでなければ開かずの間にわざわざ忍び込み、経など唱えるはずがない。

左様に理解したが故、若様を賊《ぞく》とは見なさず、教えを受けたいと切に望んだのだ。

菊千代は大奥育ちとは思えぬほどに活発で、体つきもしっかりしている。

猫可愛がりにされるのを嫌い、物心がついた頃から幼子なりに強さを求めてきたが故に培《つちか》われた体つきだ。

武家の子の習いとして、菊千代は長幼《ちょうよう》の序《じょ》を心得ている。

幼いながらに分《ぶん》をわきまえ、目上の身内に逆らうことはしない。

長兄の家慶にも将軍家の世子として、恭《うやうや》しく接している。

だが、本音と建前は違うもの。

家慶は賢いものの、男としては頼りない。

身の丈《たけ》は若様より高いが、強さは足元にも及ぶまい。

その点、父の家斉は違う。

祖父の治済も若かりし頃は、それなりに強かったという。

治済は吉宗公の孫である。

四男の宗尹《むねただ》を祖とする一橋徳川は、知勇兼備の誉れ高き名君の才を受け継いだ。

二男の宗武《むねたけ》を祖とする田安徳川も、またしかり。

されば、清水家はどうであろうか。

幼くして清水家の三代当主に据えられ、十になった一昨年の暮れから清水御門内の屋敷で暮らす立場となった菊千代が、大いに気になるところであった。

この清水家の初代当主は、徳川重好《しげよし》。

九代将軍であった家重《いえしげ》の二男で、十代将軍を務めた家治の弟だ。

その命日は寛政《かんせい》七年（一七九五）の文月《ふみづき》八日。

今年で十七回忌を迎える重好が若様の父親であることを、菊千代はまだ知らない。

四

形稽古に続いて組手を終えると、若様は稽古を終《しま》いにした。

菊千代は合掌礼を交わした上で、深々と頭を下げる。

敬意を以て礼を尽くす様を、その男は無言で見守っていた。

略式の立礼とはいえ、将軍の子にして御三卿の当主が取る態度ではない。

家斉の命《めい》により清水家に派遣された旗本たちが目の当たりにすれば憤《いきどお》り、その場で若様を成敗《せいばい》しかねない。

そのような真似をしたところで傷一つ付けられぬことだろうが――。

「おじ上！」

「菊千代様、大儀にございまする」

駆け寄ってきた菊千代に、男は安堵《あんど》の笑みを返す。

その名は松平越中守定信《まつだいらえっちゅうのかみさだのぶ》。

当年取って五十五の定信は、陸奥白河《むつしらかわ》十一万石を治める身。関ヶ原《せきがはら》の戦い以前から徳川に臣従《しんじゅう》していた譜代《ふだい》の大名、それも城持ちとはいえ、本来ならば菊千代と親しく接することなど許されはしない。

にもかかわらず咎められぬのは、身内であるが故だった。

定信の生家は、徳川御三卿の田安家。

父の宗武は、八代将軍だった吉宗の二男。

宗武の子である定信は、吉宗の孫なのだ。

同じ徳川御三卿でも、田安家は一橋家より格が上。

宗武の亡き後を継いだ治察《はるあき》は病弱で、弟の定信がいずれ当主になると目された。のみならず、次期将軍の候補にも挙げられる可能性があった。

故に治済は婿入り話を進めさせ、陸奥白河に追いやったのである。

周到な企みによって陥れられたと気付いた時には遅く、譜代の一大名として生きることを余儀なくされた定信だったが道を誤ることはせず、生来の謹厳実直《きんげんじっちょく》ぶりを大いに発揮。白河十一万石を能《よ》く治め、天明《てんめい》の大飢饉《だいききん》で餓死する領民を出さなかった。

この実績を認められ、老中首座に登用されたのは三十の年のこと。十五の若さで将軍となった家斉に成り代わり、凶作に加えて異国船への対処が危惧された政情を安定させることを任されたのだ。

仇敵《きゅうてき》の治済の誘いに定信が乗ったのは、腐っても身内であるが故ではない。たとえ将軍になれずとも、日《ひ》の本《もと》の舵取りは徳川の家に生まれた身の使命と、思い定めていたが故だった。

治済はもとより家斉に対しても、何ら期待はしていない。

しかし、菊千代は見捨てるには惜《お》しい。

熱の入った稽古を見守っていた定信は去る卯月六日に隠居の届けを出し、今は楽翁《らくおう》と称する身。

にもかかわらず若様の指南に立ち会うのは、これまで定信が菊千代に柔術の稽古を付けると偽って、人払いをさせた上で行ってきた名残《なごり》だ。

文月に白河の国許へ戻るため、しばらく清水屋敷には来られない。

この先の指南は、若様が独りで担う段取りになっていた。

家斉の許しを得てのことである。

若様は命を懸けて、その許しを家斉から取り付けたのだ。

もはや目を盗むには及ばない。

にもかかわらず、定信は今日まで指南に立ち会い続けた。

定信が自ら、切に望んでのことだった。

「何となされましたか、おじ上？」

「いや、何事もござり申さぬ」

きょとんと見返した菊千代に、定信は重々しく微笑んだ。

田安家を出た定信は、今や菊千代より格は下。

当の菊千代は親しくも敬意を持って接してくるが、定信のほうで礼を失するわけにはいかない。

さりげなく、されど謹厳に定信は言上《ごんじょう》した。

「向後《こうご》も御励みくだされ、菊千代様」

「はい！」

素直に答える少年に邪気《じゃき》はない。

笑顔で佇む若様も同じであった。

この青年は、清水家の本来の後継者である。

亡き重好の御世継ぎとなることを許されずに遠ざけられ、江戸に戻った時には己が来し方を忘れていた。

若様は子細を覚えてはいないものの、己が意志で江戸まで来たという。

衝《つ》き動かしたのは、亡き父母の魂か。

そうだとすれば幸いだった。

重好は菊千代を祟《たた》ることなく、ためになることをしてくれた。

この少年に道を誤らせてはならない。

これからも善き方向に教え導いてもらいたい。

定信は切なる願いを込め、若様と礼を交わす。

無言の内に微笑む青年の態度は、信ずるに値するものだった。

第二章　振り切る若様

一

拍子木《ひょうしぎ》を打ち鳴らす音が清水屋敷に鳴り響いた。

表門の方角から聞こえてくる音を耳にしながら、若様は着替えを急ぐ。

汗に濡れた稽古着を畳んで重ね、角帯で縛って左手に持つ。

廊下に面した座敷は、菊千代が若様のために用意させた控えの間。稽古を始める前に結構な茶菓《さか》でもてなされ、稽古を終えると湯殿《ゆどの》へ案内《あない》。ひと風呂浴びて戻れば精進料理に般若湯《はんにゃとう》を添えた膳まで供される。

菊千代も時間の許す限り同席し、歓談しながらのことである。

家斉の許しを得るまで人目を忍び、定信が菊千代に柔術の稽古を付けると装っての影指南だったことを思い起こせば、信じ難いほどの厚遇ぶりだ。

その手厚さも、若様にとっては心苦しいばかりであった。

もてなしを受けるのに慣れていないのだ。

仏門に入り、修行を積む身となっても、馳走に与る折はあるという。

それは若様には実感できないことだった。

切れ切れに思い出される寺の食事は質素を極め、檀家《だんか》の招待を受けて大盤振る舞いされた覚えもない。

菊千代から慕われ、家斉にも認められたのは幸いなれど、彼らが当たり前のことだと見なす贅沢《ぜいたく》に体が付いていかぬのだ。

最初の内は閉口しながらも笑顔を浮かべ、望まぬ馳走に与っていた若様だが、今は稽古を終えて早々に装いを改め、世話役が来る前に退散するのが常だった。

番外同心の仲間であり、八丁堀の組屋敷で共に暮らす沢井俊平《さわいしゅんぺい》と平田健作《ひらたけんさく》に尋ねたところ、指南役が弟子の屋敷へ足を運ぶたびに饗応《きょうおう》されるのは、別に珍しいことではないらしい。

菊千代は若様を過分にもてなす一方、指南の謝礼もきちんと払ってくれていた。

それは望まぬ馳走と異なり、感謝が尽きぬ配慮であった。

月に二分《ぶ》ずつで年に六両、閏《うるう》の年には六両二分。

清水家の用人による見積もりを菊千代が家斉に上申して、許しを得た額だという。

南町奉行の根岸肥前守鎮衛《ねぎしひぜんのかみしずもり》が番外同心の若様と俊平、健作の三人に与えている報酬は同心一名の俸禄と同じ三十俵二人扶持。

全て換金すれば八両だが、日々の糧とする米を残しておかねばならず、節季払いにできない買い物で手元不如意《ふにょい》となることも多かった。

別口の現金収入を得られて不安が解消され、組屋敷で引き取った三人きょうだいにひもじい思いをさせずに済むのは、有難い限りだ。

しかし、過分なもてなしには閉口せざるを得ない。

若様は部屋の上座に視線を向けた。

脇息《きょうそく》の前には朱塗りの茶托《ちゃたく》。

手を伸ばし、蓋を取って一口啜る。

稽古を終えた若様が戻ってくるのに合わせ、飲み頃に淹れ直されている。

若様の白い細面が、ふっと和らぐ。

贅を尽くした料理や酒と違って口にした覚えのある、懐かしい味わいだった。

二

ともあれ、長居は無用である。

若様は膝立ちとなり、部屋の敷居を跨いで越えた。

「御指南役様⁉」

慌てて声を上げたのは菊千代から若様の世話役を命じられ、前の廊下に控えていた若侍。将軍家から差し向けられた御附衆《おつきしゅう》の旗本ではなく、仕官を求めてきたのを菊千代が自ら面談し、新たに召し抱えた直臣《じきしん》だ。

「田上殿《たがみ》、ご免」

若様が左の膝を軸にして向き直り、立ち上がりざまに浴びせたのは軽い当て身。拳ではなく、右手の先で一突きしただけである。

それだけで田上と呼ばれた若侍は気を失い、ぐったりと廊下に倒れ込む。声を上げる間も与えぬ早業だった。

若様は拳法の修行を通じて、全身の経絡《けいらく》を把握していた。

人体各所の経絡は鍼《はり》や灸《きゅう》、指圧によって病を癒す力を生み出す一方、体から自由を奪う急所でもある。

唐土渡りの拳法は経絡の中でも急所となる部位を一撃し、相手の命を奪うことなく倒すのが身上だ。

過剰なもてなしを避けたいだけのことで、怪我をさせては申し訳ない。

そっと田上を廊下に横たえ、若様は歩き出す。

駆け付ける者は誰も居ない。

若様は玄関に急ぎ向かった。

急《せ》いてはいても体の軸を崩すことなく、摺《す》り足で廊下を曲がる。

「御指南役様？」

戸惑いながらも呼び止めた中年の侍は、脇の詰所に居合わせた玄関番。

田上と同時に召し抱えられた、直臣の一人だ。

「花井《はない》殿、私の履物は何処ですか？」

「た、ただいまご用意つかまつりまする」

有無を許さぬ問いかけに屈し、花井は若様の草履《ぞうり》を持ってくる。

「ご免」

揃えて置かれた草履を履くと同時に、若様は玄関から走り出た。

草履を履いた両足の指は猫の如く、足元を摑むようにして体を前へと送り出す。

打ち水に濡れた敷石を踏み、若様が向かった先は表門。

門の内では門番の全員がずらりと並んで平伏していた。

六尺棒を手にして門前に立つ足軽だけではない。門の脇に設けられた詰所を預かる上士までもが跪《ひざまず》き、深々と頭を下げている。

総下座《そうげざ》と呼ばれる武家の礼法である。

門番が総出で土下座し、礼を尽くして客人を送り出すのだ。

先程まで聞こえた拍子木は、総下座を始める合図であった。

門番一同が表門を開いて送り出したのは、引き戸の付いた駕籠。

大名や御大身《ごたいしん》の旗本が乗物と称して屋敷に備え、外出の際に用いる武家駕籠だ。

四人の陸尺《ろくしゃく》が担いだ乗物は家紋入り。

丸の周りを五つの大きな丸が囲んだ星梅鉢《ほしうめばち》は定信が十七の年に婿となってから三十八年に亘り、去る卯月まで当主を務めた久松《ひさまつ》松平家の紋所だ。

一行に追いついた若様は、何食わぬ顔で後に続いて門を潜った。

「ふっ……」

その様を引き戸の隙間から見届けて、定信は破顔一笑《はがんいっしょう》する。

「何となされましたのか、大殿様」

微《かす》かな笑い声を耳にして、供の一人が引き戸越しに問いかけた。

白髪《しらが》を品よく結った武士の名は水野左内《みずのさない》という。

当年取って六十二の近習番は、定信より七つ上。田安家で賢丸《まさまる》と呼ばれていた定信の側近くに十七の年から仕え始め、久松松平家へ婿入りした後も支え続けた一の腹心だ。老中首座となった定信が幕政改革を断行した際は探索御用に携わり、その成果は後の世に『よしの冊子《さつし》』として伝わっている。

「若様じゃ」

「御指南役様が何となされたのですか？」

「またぞろ饗応に閉口し、抜け出して参ったらしいの」

「何と……」

「相も変わらず奇特なことぞ」

慌てて視線を巡らせる左内を横目に、定信は微笑む。

対する左内は渋い顔。

若様が一行に紛れ込んだことに気付いたのだ。

以前であれば、若様が定信に随行するのは不自然なことではなかった。田安家の生まれである定信が一緒でなければ菊千代に拳法を教えるどころか、会うのも叶わなかったからである。

しかし、今は状況が違う。

若様が菊千代の御指南役を務めることを、すでに家斉は了承している。あの青年の人柄と腕前を、自ら見極めた上でのことだった。

三

清水屋敷を後にした一行は、右手に向かって進みゆく。

行く手に見えるのは清水御門。

日暮れを前に強さを増した西日の下、櫓《やぐら》の白壁が目に染みる。

「む？」

「何としたのだ、左内」

戸惑いを隠せぬ声を耳にして、定信が問いかけた。

「見当たりませぬ」

「若様のことを申しておるのか」

「あの者を左様にお呼びなされまするな」

思わず苦言を呈する左内は、定信から若様の素性を教えられていなかった。

類い稀なる腕の冴えは自ら挑んだ腕試しで思い知ったものの、まさか家斉と同じく吉宗の曾孫とは、夢想だにしていまい。

若様の父である重好は、九代将軍だった家重の子。その家重の父が吉宗だ。

名君の誉れも高い八代将軍は紛れもなく、若様の曽祖父なのである。

家斉と若様は、年の差こそあれども立場は同じ。

親子ほど年が離れていても従兄弟《いとこ》の間柄なのだ。

とはいえ、若様が新たな将軍候補になることは不可能だ。

同じ徳川御三卿でも、清水家は家斉の生家の一橋家より格が低い。

すでに家斉は世子と定めた家慶を筆頭に複数の男子を儲けており、七男の菊千代はとりわけ元気に育っている。

大事な息子と若様が接触することを、家斉は無条件で許したわけではない。

亡き重好の子であることを、ゆめゆめ菊千代に気取らせてはならない――。

若様ばかりか定信も、左様に念を押されていた。

故に若様は拳法の指南に勤しみながらも、菊千代と必要以上に親しくならないようにしているのだろう。

左様であれば、饗応を拒むのは賢明なことと言えよう。

敬愛する師匠が真に清水家を継ぐべき立場であると知るに及べば、菊千代は平静を保てまい。なまじ慕っていただけに、受ける衝撃は計り知れぬとなるはずだ。

若様の素性を菊千代が知ることは百害あって一利なし。

これ以上、余計な詮索をさせてはいけない。

「捨て置け、左内」

「まことによろしいのでございまするか？」

「左様に申しておるであろう」

敢《あ》えて冷たく定信は告げた。

左内は事情を与り知らぬと分かっていても、菊千代が無二の師匠と見込んだ若様を悪く言われるのは聞き捨てならないことだった。

若様は清水屋敷の前に立ち、遠ざかる定信の一行を見送っていた。

すでに表門は固く閉ざされ、若様を見咎める者は居ない。

武家屋敷の表門は滅多に開かれぬものである。

例外は当主が外出をする際と、客人を迎え入れ、送り出す時のみだ。

それも相手が当主より格上の場合に限ったことで、格下ならば士分であっても脇の潜り戸から出入りをさせる。

まして清水家は、将軍家に所縁《ゆかり》の徳川御三卿。

当主より格の高い客など稀であり、門番が揃って土下座をする必要があるのは家斉と治済、そして家斉の意向を御上意として奉じた使者ぐらいしか居ない。

その御使いにしても滅多に清水屋敷を訪れることはなく、去る師走の初めに疱瘡《ほうそう》に罹患《りかん》した菊千代を家斉が案じ、病気見舞いを寄越したのが最後であった。

門番衆が合図に拍子木を用いる習慣を踏まえて、

『下座の木をたまたまに打つ清水門』

と狂歌に詠まれたのも、無理のないことであろう。

初代当主の重好が存命だった当時には、重好の兄で十代将軍の家治が御忍びでしばしば訪問し、御台所《みだいどころ》を伴うことも多かったという。

その重好が亡くなって清水家の血筋は絶え、幼くして二代目に選ばれた家斉の五男の敦之助は大奥から清水屋敷へ移り住む前に病で果てた。

腹違いの兄の後を受け、三代目の当主となったのが菊千代だ。

未だ年少なれど伸びしろのある、先が楽しみな少年である。

過剰なもてなしは控えてほしいが、その他は申し分のない教え子だ。

菊千代は良くも悪くも、我が道を行く質《たち》である。

長幼の序をわきまえ、父の家斉と祖父の治済に孝養を尽くす一方、ひとたび志したことは決して諦めない。

初めて接した時から拳法の虜《とりこ》となり、若様を指南役にと望んだのが良い例だろう。

そんな菊千代の意気に応えるべく、若様は家斉が挑んだ勝負を受けて立ったのだ。

若様は一命を賭《と》した勝負を制し、菊千代は念願を叶えた。

あの笑顔を曇らせたくはない。修行に勤しむ熱意を損《そこ》ねたくはない。

なればこそ、余計なことを知られてはならぬのだ。

若様が重好の子であることは、もとより公にされてはいない。

当の若様にも口外するつもりはない。

決して余人に漏らすことなく、墓の下まで持っていく所存であった。

四

清水御門が見えてきた。

「おお、貴公であったか」

「いつもながら御精勤だの」

「お暑い中を大儀にござった」

「かたじけない」

労をねぎらう番士たちに礼を述べ、若様は御門を潜った先の木橋を渡る。来た時は左手に見えた千代田の御城が、今は右にそびえ立つ。

あの城の本丸には、天守閣が存在しない。

明暦《めいれき》の大火で焼け落ちて百五十年余りを経ても再建されず、古びた天守台の石垣が昔日《せきじつ》の名残を留めるばかりだが、将軍家の威光が損われることはなかった。

戦国乱世の直中《ただなか》ならば、城の構えに不備があるのは命取り。

折しも世は合戦《かっせん》が絶え、幕府の御政道も武断《ぶだん》から文治《ぶんち》に切り替わった頃だった。

徳川の天下が続く限りは天下泰平。

そう思わせるだけの信頼を、将軍家は勝ち得ていた。

だが、これから先はどうなるか。

徳川将軍家も当代の家斉で十一代目。

世子の家慶が次の将軍となれば、十二代目だ。

家慶が男子に恵まれなかった場合には、菊千代が養子となって後を継ぐこともあり得よう。その時に向けて、あの少年を教え導きたい。いざとなった時に力不足の誹《そし》りを受けることのない頭と体を培わせて、知勇兼備の将《しょう》たらしめたい。

思うところは定信も同じはずだ。

将軍家に連なる田安徳川の家に生を受けた定信は、年齢も力量も次期将軍の候補として申し分ない逸材《いつざい》であったにもかかわらず、その資格を失った。一族の中では序列が下の一橋徳川に出し抜かれ、一大名の立場に堕《お》とされた。

優秀すぎた従弟の定信を陥れる陰謀を巡らせた治済を恨み、労せずして十一代将軍の座に就いた家斉を呪い、刺し違えてでも不正を暴くことに生涯を費やす、という道もあっただろう。

されど、定信は己を見失わなかった。

右も左も分からぬ若輩《じゃくはい》だった家斉を老中首座として能く支え、老中職を辞するまでの六年で改革した御政道の舵取りを、後進の若い老中たちに引き継がせたのだ。

誰もが成し得ることではない。若様には、真似もできまい。

それでいいのだ。

人には各々、分というものがある。

その分をわきまえ、ふさわしからざることには手を出さぬ心がけが、生きる上では欠かせない。

徳川から外され、遠ざけられたのは、若様も定信と同じである。華のお江戸に紆余《うよ》曲折《きょくせつ》を経て戻り来たのも、二人の共通するところであった。

同じ徳川の血を引いてはいても、生まれ育った環境は全く違う。

それでも思うところさえ相通じていれば、理解し合えることだろう――。

若様は決意も新たに、御堀の向こうを仰ぎ見る。

暮れなずむ空の下、将軍家代々の居城は変わらぬ威厳を示している。

それは若様も縁のある、されど無用の威厳であった。

己が為すべきは労を惜しまず、菊千代の指南役を全うすることのみ。

若様は踵《きびす》を返し、足取りも軽く歩き出す。

帰る先は八丁堀の組屋敷。

華のお江戸の安寧《あんねい》を護って人知れず事件を追い、咎人《とがにん》を召し捕る南町奉行所の番外同心たちが日々の暮らしを共にする、暮らしと癒しの場であった。

「よぉ、若いの」

若様が懐かしい声で呼びかけられたのは御堀端を抜け、八丁堀の地を踏んで早々のことだった。

「しばらくだったなぁ、おい」

満面に笑みを浮かべて歩み寄ってくる、この男の名は八森十蔵。

年明け早々に行方知れずとなっていた北町奉行所の隠密廻同心は、以前と変わらず顔も体つきも厳《いか》めしい。

「お話は和田さんから伺うておりまする。まことにお目出度きことで……」

「ありがとよ。お前さんこそ娘っ子たちとの仲はどうなんでぇ？」

「いや、それはちと」

「ははは、その様子じゃまだまだ女を知らねぇみてぇだな」

照れ交じりに叩く毒舌は相も変わらず、伝法《でんぽう》な口調も以前と変わらない。

ただ一つ、どんぐり眼の放つ眼光だけは、以前より優しい輝きを帯びていた。

五

仙台藩《せんだい》の上屋敷は芝口《しばぐち》の三丁目に在る。

後の世の地名で言えば浜松町《はままつちょう》。

市中の喧騒《けんそう》から遠く離れた、海沿いの地だ。

江戸湾を間近に臨む土地柄だけに、庭に出ると潮の香りが濃い。鳩《はと》に交じって鷗《かもめ》がとことこ歩いているのも、沿岸ならではのことだった。

夕日となる間際の西日が降り注ぐ中、庭の一角に常ならぬ場が設けられていた。

長方形の砂場が二つ並んで設けられ、縁のない畳が二枚ずつ敷かれている。

畳の上には、浅葱色《あさぎいろ》の木綿布団が一組ずつ。

左右と後ろの三方《さんぽう》には白木綿の幕。

幕が張られていない正面には床几《しょうぎ》を並べ、二人の上士《じょうし》が腰掛けている。共に肩衣《かたぎぬ》を着けて半袴を穿き、脇差のみを腰にしていた。

周りを固める下士《かし》と足軽の面々は、羽織袴に大小の二本差し。

切腹場《せっぷくば》と称される、武士に自裁《じさい》をさせる場だ。

砂場の直中に畳を置き、布団を重ねてあるのは、腹を切る咎人の座る場所。

折しも二人の咎人が、後ろに張られた幕の間から姿を見せた。

「ええい離せ！　離さぬかっ」

地黒の顔に朱を注ぎ、暴れながら喚《わめ》き立てる男の後に続くは、

「我らにもとより私心は非《あら》ず！　万事はお家大事と思うたが故ぞ!!」

と声も高らかに釈明をする、色の白い男であった。

死に装束として、共に着慣れた様子で麻裃《あさがみしも》を纏っている。

士分であっても軽輩ならば、平素は裃の着用など許されない。罪に問われる以前は高い地位に在ったようだが、その振る舞いは浅ましいばかりだった。

「やかましいぞ池山《いけやま》。まだ恥を晒し足りぬか」

「大野《おおの》も繰《く》り言《ごと》は大概《たいがい》にせい。この期《ご》に及んで見苦しいぞ」

口々に言い放ったのは、裃を纏った上士の二人。共に床几から腰を上げ、未練がましい咎人どもを睨み据えていた。

「おのれ、日和見《ひよりみ》を決め込みおった臆病者めが……」

暴れるのを止めながらも口の減らぬ池山は面長で、くっきりした目鼻立ち。顔立ちこそ整っているものの、立ち居振る舞いは如何にも卑しい。

「繰り言とはあんまりぞ。おぬしらには慈悲はないのか？」

未練がましく訴えかける大野は丸顔。黒目勝ちで鼻が低い。哀れっぽい振る舞いで同情を買おうとしながらも、不遜な雰囲気を隠せずにいた。

殊勝《しゅしょう》さとは無縁の咎人どもに耳を貸さず、上士の一人が手ぶりで合図をする。

応じて四人の足軽が歩み出た。

前を行く二人が手にした瓶子《へいし》は末期《まつご》の酒。

後に続く足軽が手にした三方には、懐紙《かいし》で巻かれた扇子《せんす》が載っていた。

一見すると短刀が巻かれているようだが、当節の切腹場で咎人に本身《ほんみ》を渡すことはない。作法どおりに腹を切ってのけるほど胆力《たんりょく》のある者など滅多に居らず、むしろ血迷って刃向かう恐れのほうが大きいからだ。

「…………」

「…………」

池山と大野は口を閉ざし、差し出された杯を取る。

瓶子から注がれた酒を一息に呷《あお》り、足された分も余さず飲み干《ほ》す。

浅ましく酔いを欲する咎人どもの後方から、介錯人《かいしゃくにん》が姿を見せた。

一人は還暦過ぎと思《おぼ》しき、老いても端整な顔をした男。

いま一人は三十絡《がら》みで、黒々とした髪を品よく本多髷《ほんだまげ》に結っていた。

袴を穿いても羽織は着けず、黒無地の帷子に白襷《しろだすき》。

介錯の際には名のある刀の試し斬りを兼ね、元の拵《こしら》えを外した刀身に切り柄《づか》という白木の丈夫な柄《つか》を嵌《は》めて用いることも多かったが、二人の介錯人が持参したのは大小の二刀のみ。

いずれも私物らしく、柄に巻かれた木綿の糸が光沢を帯びている。

折に触れて剣術の形《かた》の演武《えんぶ》、あるいは素振りを重ねることによって手に馴染ませた得意な打物《うちもの》、すなわち得物《えもの》に相違あるまい。

末期の酒をお代わりし続ける咎人どもは、介錯人が現れたのに気付いていない。

殺気を抑えた介錯人の二人は、音もなく鯉口《こいぐち》を切る。

瓶子が空《から》になるまで杯を重ねた挙げ句の果てに扇子を両手で握り、腹に突き立てた瞬間のことだった。

先に刀を振り抜いたのは、白い髪の目立つ頭を小銀杏髷《こいちよう》にした男。

見事な抜き打ちの一刀だった。

池山の首根が割れ、酔いに赤く染まった顔が揺らぐ。

太い首は骨まで断たれ、残るは喉元の皮一枚のみ。

男は寸止めにした刃を、すっと引いて皮を断つ。

たちまち支えを失った生首は、扇子を手にした両腕の間に収まる。

見事に抱き首となったのを見届け、男は刀を鞘に納めにかかった。

瞬速の抜刀から一転した、ぎこちない納刀《のうとう》であった。

右手で刀の柄を、左手で鞘の鯉口を包み込むようにして握った状態から始める納刀は切っ先が納まると同時に左手を帯に沿わせ、大きく引くのがコツだ。横一文字に刀を抜き放つ所作を逆に行えばよいのである。

しかし、男は鞘を引くことが満足にできていない。

刀を捌く技量が拙《つたな》いのではなく、左腕が思うように動かせぬのだ。

不自由な左腕の代わりに足腰を引き、男は刀を納めきる。

「ぐえっ……」

その背後から苦悶の呻きが聞こえてきた。

いま一人の介錯人が、大野の首を斬り損ねたのだ。

居合の手練《てだれ》でなければ至難の抜き打ちにするのを避け、鞘から抜いた上で振るったにもかかわらず、初太刀《しょだち》は首筋を後ろから浅く割ったのみ。青くなって振るった二の太刀《たち》も浅い傷を増やしただけで、致命傷には至っていない。

「な、何としたのだ」

「落ち着け、只野《ただの》っ」

刑の執行を正面から見守っていた上士たちは、予期せぬ事態に戸惑いを隠せない。

大野の介錯を任された只野由章《なりゆき》は、当年取って二十九。

昨年の秋から江戸詰めをしていた上士で、去る卯月の二十一日に急死した只野伊賀《いが》の嗣子《しし》である。

只野氏は藩祖の独眼竜《どくがんりゅう》こと政宗《まさむね》の代から伊達《だて》家に仕える上士の家で、文武に秀でた伊賀は先々代の藩主の斉村《なりむら》から寛政八年（一七九六）に世子の政千代《まさちよ》の守り役を命じられるも、同年中に斉村は急死。乳飲み子の政千代が次の藩主になると同時に守り役を解任されてしまい、出世の機を失うも才を惜しまれて江戸番頭《ばんがしら》に任じられ、国許と行き来する多忙な日々を送っていた。

その伊賀の後継ぎである由章が、来る《きた》葉月の家督相続を前にして密かに江戸へ呼び出されたのは亡き父と因縁のあった悪しき上士の二人を取り調べ、身柄を国許に送ることなく刑に処すため。直に手を下してはいないものの伊賀に無用の心労を与え続け、死期を早めさせた池山と大野のいずれかの首を打つことで仇討ちをさせてやろうという、家中のお偉方の思惑あってのことだった。

しかし、結果は惨憺《さんたん》たるものと言わざるを得まい。

「ぐえっ、ぐえっ……」

大野が上げる苦悶の呻きは、弱々しくなりながらも止まらない。

落ち着きを失った由章が、繰り返し刀を振るっていたからだ。

致命傷に至らぬ傷でも血は流れる。

日が沈むのを前にして、切腹場は地獄絵図となりつつあった。

由章が及んだ失態は、何かにつけて見極めの甘いお偉方が招いたこと。

亡き父の伊賀に少年の頃から鍛えられ、竹刀を取っての立ち合いには強かったのを過大に評価し、咎人の首を打つなど容易《たやす》いはずだと判じたのが災いしたのだ。

このまま仕損じ続ければ、由章は苦境に立たされる。

大野が苦しみ悶《もだ》えて死に至るのは自業自得だが、勝手な思い込みで由章に介錯人の役目を任せた国許のお偉方が、斯様《かよう》な不始末を知るに及べば無事では済むまい。自分たちの見極めの甘さを棚に上げて由章を未熟と決め付け、家督相続を取りやめさせることもあり得よう――。

「由章殿、ご免」

騒然とする切腹場に、毅然とした声が響き渡った。

声の主は、先に池山へ引導《いんどう》を渡した年配の介錯人。

白髪の目立つ小銀杏髷を煌めかせ、由章と間合いを詰める。近間《ちかま》に踏み込みざまに押さえ込み、指が強張りきった手の中から刀を奪う。

血脂《ちあぶら》に塗れた刀の切っ先を上げ、突き入れたのは大野の脾腹《ひばら》。

心の臓に劣らず即死を誘う急所を刺し貫かれ、苦悶の呻きはたちまち止んだ。

凄絶《せいぜつ》な光景を前にした一同は、声も無い。

由章も言葉を失い、茫然《ぼうぜん》と立ち尽くすばかりだった。

男は無言で懐紙を取り出し、手にした刀に拭いをかける。

夥《おびただ》しく纏わりついた血と脂を懐紙に吸わせ、一枚三枚と取り替えて清めていく。

血脂が落ちた刀身は、細かい疵《きず》だらけになっていた。

動揺の余りに手の内《うち》を乱した由章が、刃筋《はすじ》を通すことなく幾度も骨に当てたが故である。

自身も若い頃に覚えのあることなれば、男は冷静。

由章も次に本身を手にした時は、いま少し落ち着いて対処できることだろう。

そうでなければ生き残れぬと心得ることが、何を措《お》いても必要であるのだが――。

「大儀であったな、和田」

「幾重にも礼を申すぞ。かたじけない」

男が労をねぎらわれたのは、我に返った下士の面々が亡骸を運び去り、足軽たちが切腹場を片付け始めた後のこと。

襷を解いた男に声をかけ、屋敷内の一室に招じ入れたのは検分役の二人の上士。

いずれも江戸定勤の古株で、亡き只野伊賀とも付き合いが長かったらしい。

「町方の御用を務めしおぬしに只野の介添えを頼むは埒外《らちがい》のことであったが、無理を聞いてもろうた甲斐があったぞ」

「まことだの。おぬしを快《こころよ》う貸してくれた永田備後守《ながたびんごのかみ》殿……北のお奉行に足を向けて寝られぬわ」

大名は伊達家に限らず、己が領内で自治を行うことを許されている。司法についても自主性が認められ、幕府に対する謀反《むほん》や一揆《いっき》、禁教令《きんきょうれい》や海外渡航の禁に反する等の大事でなければ幕府に届けを出すには及ばない。この治外法権《ちがいほうけん》は江戸においても適用され、大名の家中で起きた事件を独自に裁くことが可能であった。

故に家中の士である池山と大野は上屋敷で身柄を拘束され、未だ若年の藩主の斉宗《なりむね》に代わって政務を行う国許のお偉方の判断を踏まえ、切腹の刑に処されたのである。

とはいえ、江戸の屋敷内で刑を執行するのは難しい。

滅多に行うことではないからだ。

国許ならば江戸と同様に町奉行所があり、下役の者たちも経験豊富だが、江戸詰めの藩士たちだけでは手に余る。

そこで由章を介錯人として出府させた国許のお偉方の意向に従う一方、壮平の上役である北町奉行の永田備後守正道《まさみち》に話を通し、助言を踏まえて切腹場を調《ととの》えた上で仕損じた場合に備え、腕の立つ補佐役の派遣を依頼したのだ。

「お役に立ちて何よりにござり申した」

落ち着いた口調で応じる男の名は和田壮平。

当年取って六十五の壮平は北町奉行所の隠密廻同心。相方の八森十蔵と共に『北町の爺様』と呼ばれる、探索御用の手練である。

それは壮平が三十を過ぎ、北町同心の和田家に婿入りしてからの働きにより評判となったことだ。

町奉行所に勤める身となる以前のことを、二人の上士は先刻承知であった。

「おぬしは元を正せば工藤《くどう》が門下。我ら伊達の家中との縁は深い」

「左様。機に恵まれれば、当家に仕官も叶《かの》うたであろう」

「痛み入り申す」

折り目正しく答える壮平は、供された茶に手も付けない。

受け取ったのは寸志《すんし》と称して渡された、礼金の包みだけだった。

わざわざ開かずとも、触れただけで察しは付く。

形だけ小判を包んだように見せかけても、中に在るのは一分金が二枚きり。南北の町奉行所に入りたての若同心が小伝馬町《こでんまちょう》の牢屋敷に差し向けられ、腕磨きと度胸付けを兼ねての首打ち役を務めた際、刀の研《と》ぎ代として支給されるのと同じ額だ。

流石に奉行の正道には小判を積んで礼をするのだろうが、下っ端《ぱ》の同心にはこれで十分と判じたに相違ない。

奉行所内の習《しわ》わしを何処で聞き込んだのかは定かでないが、六十二万石の大大名のご家中にしては吝すぎる。

「おぬしら町方の俸禄は、たしか三十俵と二人扶持であったの?」

「仮にも御直参と申すに、げに少なきことだのう」

黙り込んだ壮平に、二人は無遠慮に問うてくる。

それは伊達の家中であるが故、臆《おく》せず言えることだった。

仙台藩では上士に知行地を与え、直に年貢を取り立てることを認めている。

大名は将軍の家来であり、その大名に仕える藩士は陪臣《ばいしん》と称され、将軍家御直参の旗本と御家人から軽く見られがちだが、仙台藩の上士の多くは御大身の旗本と同じく知行取り。領民から見れば殿様だ。流石は一藩士でありながら役高《やくだか》三千石の町奉行を捕まえて「殿」呼ばわりしてのけるだけのことはあろう。

御家人はもとより旗本の殆どは、俸禄として米を現物支給されるばかりの蔵米取りだ。御家人に準じた身分の町方同心に至っては言うまでもなく、知行地などとは無縁だった。

部屋が徐々に暗くなっていく。

もうすぐ日が沈みきるようだ。

頃や良しとばかりに、二人の上士は腰を上げた。

「又の折あらば備後守殿に申し入れる故、しかと頼むぞ」

「労多くして益少なき御役目であろうが、せいぜい励むがよかろう」

「ご免」

実《じつ》なき言葉を受け流した壮平は、一礼して立ち上がる。

潜り戸を通って上屋敷の表に出ると、由章が独りで待っていた。

「おぬし、気分はもう良いのか」

「……良くはござらぬが、おかげで正気になり申した」

壮平に問われて答える声は硬かった。

「それは重畳《ちょうじょう》」

気付かぬ様子で、壮平は続けて言う。

「ともあれ今宵はしかと休まれよ。明日のことは明日でござるぞ」

「かたじけない……」

由章は深々と頭を下げる。

立ったままではあるものの、紛《まご》うことなき謝意を込めての礼だった。

潜り戸から門の内に入るのを見届け、壮平は踵を返す。

こたびの介添え役を引き受けたのは、奉行の正道を介して話を持ち込まれたが故のことではない。

池山と大野を斬ったのは、己が不始末に対するけじめ。

無二の相棒である八森十蔵をはじめとする仲間たちへの償いも、これから努めていかねばなるまい——。

第三章　抜刀鬼不始末《ばっとうきふしまつ》

一

和田壮平が八丁堀に着いた時、疾《と》うに夜は更けていた。
相方の十蔵が当主である八森家の前を通り抜け、和田家の門の前に立つ。
同じ造りの素っ気ない木戸門《きどもん》だ。
この八森家と和田家は、十蔵と壮平が前後して婿に入った家だ。
元を正せば十蔵は本草学者《ほんぞうがくしゃ》で、壮平は医者。
更に過去を遡《さかのぼ》れば、ますます町奉行所勤めとは縁遠い。
秩父《ちちぶ》の山里で生まれ育った十蔵は、山猿と呼ばれた男。
壮平には相方の十蔵に増して、町方御用にそぐわぬ過去がある。

明るみに出れば罪に問われることが必定な、人斬りを重ねてきた身だからだ。

「我ながら罪深きことぞ……」

暗がりの中でひとりごち、壮平は木戸を押し開く。

帰途に酒屋に寄って枡酒を傾け、清めの塩も撒いたが、そんなことでは気休めにもなるまい。

壮平の人斬りは年季《ねんき》が入っている。

十九の年から数えて、六十五となった今年で四十七年。

これまでに手に掛けた頭数は、百や二百では収まらぬことだろう――。

二

壮平は長崎で生まれた。

親が付けてくれた名前は、不孝なことと承知で捨てざるを得なかった。

母は丸山遊郭《まるやまゆうかく》の遊女で、父は当時のカピタン。

出島《でじま》の阿蘭陀《オランダ》商館に丸山の遊女が出向いて泊まり、外出を禁じられた異国の男たちの床の相手を務める「阿蘭陀行き」の結果、生を受けた子の一人だった。

壮平は顔も知らない父親に似ることなく、黒い髪と茶色の瞳に生まれついた。

亡くなった母を贔屓《ひいき》にしていた医者に才を見込まれ、内弟子となって町中で暮らすことも可能でありながら廓内《くるわうち》に留まった。自分と違って外見が父方に似たために苦労の絶えない仲間たちを見捨てられぬが故だった。

金髪碧眼《へきがん》の子ども、とりわけ少女を狙う輩《やから》は多い。

仲間を守る力を求め、壮平は医術と共に剣を学んだ。

鍛えてくれたのは無一文で登楼《とうろう》し、居残りを喰らった老剣客。

楼主に取り成した壮平に謝し、伝授してくれたのは抜刀の術。

その技は老いても一流。教え方も正鵠《せいこく》を射たものだった。

初心の頃の壮平は、教えを受けるたびに言われたものだ。

鞘から抜きざまに敵を斬るには確実な体の捌きと、足腰の強さが必須。

小手先で幾ら抜いても振るっても、ただの児戯《じぎ》。

赤子の手をひねるが如く、返り討ちにされるだけである。

武士でなければ刀を持てず、脇差で戦わざるを得ないとあれば尚のことぞ——。

居残りの務めとして薪割りから掃除に洗濯とさまざまな雑用をこなす合間に、寸暇《すんか》を惜しんで教えてくれたことであった。

借りを返した老剣客が飄然《ひょうぜん》と去った後も、壮平は独りで鍛錬を重ねた。

一番の課題は、得物の不足を補うことと肝《きも》に銘じた。

もとより町道場には通えぬ身だが、壮平の修行には竹刀《しない》も木刀も無用だった。

江戸から九州まで伝わっていた竹刀打《うち》はもとより、昔ながらの木刀による形稽古も攻守の用いる打物の長さは同じである。

しかし、実戦の場では違う。

士分に非ざる身では、刀を手にすることはできない。

刃長《はちょう》が二尺（約六〇センチ）を超える刀に対し、脇差は二尺以下。

両手で振るう長《なが》脇差でも一尺九寸（約五十八センチ）だ。

対する刀は普通に二尺を超えるため、生じる間合いの差は大きい。

刃長の不足を補う技量がなければ、斬られる。

そう思えば、自《おの》ずと稽古に熱が入った。

武士を仮想敵と定めて鍛錬を重ねた結果、壮平は丸腰でも大の男を圧倒する強さを身に付けた。小手先ではない体の捌きの成せる業だ。

その強さは評判となり、不幸な少年少女を狙う痴《し》れ者は長崎から居なくなった。

しかし、いつの世にも懲りない奴が居る。

壮平が十九になった夏、流れ者の浪人どもが仲間の娘を慰んで死に至らしめた。

丸山遊女と阿蘭陀人の子は、表向きは存在しないことにされている。

もとより居ない者がどうなろうと、役人は動いてくれない。

故に壮平は長脇差を取ったのだ。

手慣らして久しい一振りを、ついに血濡らせたのだ。

許せぬ外道《げどう》を皆殺しにしたのは、長月《ながつき》の九日。

重陽《ちょうよう》の節句に恒例の、諏訪《すわ》神社の大祭の日であった。

諏訪神社は長崎の総鎮守《そうちんじゅ》。

その霊験《れいげん》の恩恵に与れぬ身とあらば、血を流すことを厭《いと》うには及ぶまい——。

初めての実戦を終えた壮平は祭りの余韻が冷めやらぬ夜陰《やいん》に紛れ、生まれ育った地を後にした。

九州から中国、近畿と逃亡の旅路を重ね、その身に降りかかる火の粉を払い、江戸に着いた壮平を拾ったのは工藤平助《へいすけ》。

時の仙台藩主だった伊達陸奥守《むつのかみ》重村《しげむら》の覚え目出度い平助は、江戸詰めの藩医でありながら藩邸の外で暮らすことを許され、築地《つきじ》に構えた邸宅に大名諸侯から市井《しせい》の無頼《ぶらい》の徒《と》に至るまで客人として迎え、親しく交わることを常としていた。

壮平から来し方を訊き出した平助は何ら動じることなく、身柄を役人に引き渡さなかったばかりか、弟子にして身許を引き受けた。

親分肌の気質だけではなく、先々を見据えた打算あってのことだった。

明らかになったのは壮平が平助の門下で医術の修業を積み、二十代の半ばに至った頃のことである。

十代将軍の家治の信頼篤《あつ》い田沼主殿頭意次《たぬまとのものかみおきつぐ》は御側御用取次から側用人、更には老中と出世を重ね、異国との交易の拡大を推し進めんとしていた。

出世の目覚ましい意次に取り入ろうと目論んだ平助は歓心を買う材料として、北の帝国オロシャの情報を欲したのである。

今でこそ幕府が直轄する箱館《はこだて》も、当時は松前《まつまえ》氏の城下町。その先に広がる蝦夷地《えぞち》の沿岸に至っては、松前の家中でも全容を把握できてはいまい。すでに平助の許には松前藩士も出入りをしていたが、やはり直に探りを入れたい。

そこで平助が求めたのが、彼の地に放つ密偵の任に耐え得る手駒。

いずれ役に立つ日が来るのを見越し、手元に置いた壮平を活かす時が来たのだ。

廓で生まれ育った壮平は、平助の目論見に察しがつかぬほど鈍くはない。

すでに長崎での浪人殺しは沙汰止みとなっていた。

平助が意次に働きかけ、密かに罪を揉み消してくれたのだ。

恩に報いる時が来た。

そう思えば、恐れることは何もない。

壮平は北へ旅立ち、生きて江戸に戻り来た。

代償は、右足に受けた銃創《じゆうそう》。

刀を扱う力の源《みなもと》となる左足が無傷で済んだのは、不幸中の幸いであった。

かくして壮平が身を削って持ち帰った情報を盛り込み、平助は『赤蝦夷風説考《あかえぞふうせつこう》』の執筆に着手した。

しかし、平助の立場は仙台藩医。

医業を疎《おろそ》かにせずとも、その行動は本来の役目から逸脱《いつだつ》している。

重村は意次の覚え目出度くなることは主君である自身の評価にも繋がると好意的に見なしてくれたが、家中のお偉方にしてみれば主従の分をわきまえぬ、度し難い所業であった。

平助が目障《めざわ》りなのは、幕閣のお歴々にとっても同じである。

将軍家と縁の深い伊達の家中とはいえ、平助は藩医。

代々の武家ではない者を旗本に取り立て、機が熟した折には蝦夷奉行に登用しようという意次の考えは看過《かんか》できない――。

平助の身辺に危機が迫ったのも必然だったが、当の本人は動じなかった。

相次いで差し向けられた刺客《しかく》をことごとく、壮平が返り討ちにしてくれたからだ。

誰が言うともなく、付いた異名は抜刀鬼《ばっとうき》。

まず壮平を亡き者にしなければ、平助に近付けない。

壮平の守りは家族の者たちにまで及んでおり、子どもを人質に取ろうにも付け入る隙は見出せない。

伊達家中のお偉方も幕閣のお歴々も、壮平を倒せるほどの手練を見出し、送り込むことは叶わなかった。

やむを得ずに踏み切ったのは、飛び道具を使うこと。

しかし必殺を期した気砲《きほう》の一撃も平助には届かず、盾となった壮平は左の肩を撃ち抜かれながらも刺客を斬り伏せた。

壮平が破門されたのは、その疵が癒えた直後のことである。

右足と同様、以前のようには動かせまいと診断したのは平助だ。

三十を過ぎた身で寄る辺《べ》を失った壮平を、婿に迎えたのは北町奉行所の廻方で隠密《おんみつ》廻《まわり》同心を代々務める和田家の先代。

時を同じくして平賀源内《ひらがげんない》に破門された十蔵が八森家に婿入りし、顔を合わせることになったのである。

廻方は俗に三廻《さんまわり》と呼ばれ、南北の町奉行所でも花形の御役目だが、世間に知られているのは定《じょうまわり》廻と臨時廻《りんじまわり》。

隠密廻はその名に違《たが》わず、外部から窺い知れぬ御役目だ。

先代の見習いを振り出しに、三十代から四十代に務めたのは定廻。

四十代から五十代の前半には、経験者として定廻を補佐する臨時廻。

先代が隠居した後を受け、隠密廻となったのは六十を前にしてからだ。

脇目も振らずに御用一筋、御役目に専心するばかりの日々だった。

十蔵も口こそ悪いが、御役目に真摯に取り組む姿勢は変わらない。

かくして文化八年も押し詰まり、師走を迎えた頃。

壮平が御役目とは別に真《まこと》を尽くしていたことが、思わぬ形で露見《ろけん》した——。

三

その光景を沢井俊平と平田健作が目の当たりにしたのは、全くの偶然であった。

「おい、あれは北町の爺様の片割れじゃねぇのか」

「うむ……和田殿だ」

「そうだよなぁ」

頷く健作を傍らに、俊平は信じ難い様子でつぶやいた。

探索の途中に見かけたのは、とある船宿から出てきた二人の男女。

猪牙《ちょき》で何処かに出かけた帰りを装っても、艶《つや》めいた女の顔は情を交わしたばかりであるのは明らかだ。

船宿を出会茶屋《であいぢゃや》代わりに利用するのは、別に珍しいことではない。

質《たち》の悪い岡っ引きならば後をつけて素性を押さえ、世間を憚《はばか》る仲と分かれば脅しのネタにするところだろう。

その手の悪《わる》に見られたならば、極めてまずいことになったはずだ。

「あの堅物が、何てこったい……」

「魔が差した、というわけではなさそうだな」

「どういうこった」

「あの二人、こたびが初めての逢瀬《おうせ》ではあるまいよ」

「今までにも忍び逢っていたってぇのかい」

「そういうことだ。何年越しかは存ぜぬが、年季の入った仲に相違あるまい……」

確信を込めて健作はつぶやいた。

端整な顔を向けた先を、壮平が歩き去っていく。

羽織袴の御家人らしい風体は、戦国乱世の忍びが得意とした七方出《しちほうで》の流れを汲んで別人になりすます、変装術の成せる業。

まさか町奉行所勤めの同心、それも『北町の爺様』と異名を取った老練の隠密廻にして愛妻家でもある壮平が、昼日中から密通に及ぶとは――。


二人は無言で頷き合うと、二手に分かれて歩き出した。

俊平が追ったのは、御高祖頭巾《おこそずきん》を付けた武家女。

健作は壮平を付かず離れずで追っていく。

もとより勘働きの鋭い壮平だけに途中で気取られるかもしれないが、その時は弁の立つ健作のほうがごまかしやすい。

左様に判じて女に張り付き、素性を突き止めんとした俊平が行く手を阻まれたのは常盤橋《ときわばし》の御門前まで来た時のことだった。

「何でぇ、紺看板なんぞに用はねぇぜ」

二人組の屈強な中間《ちゆうげん》は黙ったまま、後ろ腰に差した木刀を引き抜いた。

素肌に纏った法被《はっぴ》に家紋は見当たらない。さまざまな大名や旗本の屋敷で雇われるたびに貼り紋で済ませる、渡り中間であるらしい。

あるいは左様に見せかけた、何処かの家中の者なのか。

襲われたのは俊平だけではなかった。

「ななな、何者ですか？　ば、馬っ鹿者っ！」

武家奉公の奥女中と思しき妙齢《みようれい》の女は、気丈に一喝《いっかつ》するも動きを封じられた。

壮平が中間どもを叩きのめした時には待機していた辻駕籠に乗せられ、何処へともなく連れ去られた後だった。

「くそったれ……」

俊平は足を止め、口惜《くちお》しげに呻いた。

常盤橋御門の手前に広がる日本橋《にほんばし》の本町《ほんちよう》は江戸でも指折りの商業地で、日のある内は人出が絶えない。

女を連れ去った一味は、その人込みに紛れることで追跡を遮《さえぎ》ったのだ。

いま少し早く俊平が追いついても、足止めをするのは難しかったことだろう。

「………」

俊平は無言で踵を返し、打ち倒した中間どもに歩み寄った。

四

若様たちに南町奉行から呼び出しがかかったのは、日が暮れた後のこと。

折しも若様は、八丁堀の組屋敷に急ぎ戻った健作、そして俊平の思わぬ話に唖然《あぜん》とさせられている最中であった。

「和田さんが左様なことをなさるとは……」

「信じられねぇこったろうが、見間違いじゃねぇんだよ」

「沢井が申すとおりぞ。和田殿には素知らぬ顔でとぼけられたがな」

やはり健作は尾行中に気取られたらしい。

尾行に失敗したのは俊平も同じであった。

「面目《めんぼく》ねぇ。素性も分からねぇのをバッサリってわけにゃいかなかったんでな」

「言い訳を致すでない。中間の二人如きを叩きのめすのに手間取るとは、平山《ひらやま》先生に知られれば説教ものだぞ」

「やかましい。ああも頑丈なのを差し向けられちゃ、お前だって楽にゃいくめぇよ」

俊平は苛立ちながらも、声を潜《ひそ》めることを忘れない。話をしている板敷きの向こうの土間で、組屋敷で引き取った三人きょうだいが夕餉の支度に勤しんでいたからだ。

「そのお女中は、何《いず》れのご家中なのでしょうか……」

「そこらの旗本屋敷で行儀見習いをしてる小娘たぁ、格が違ったぜ」

「察するに大名屋敷の奥向きであろう」

「そうは言っても、愛宕下《あたごした》の界隈《かいわい》にゃ大名も多いぜ」

「その先の芝口まで参らば、伊達様の上屋敷も在る故な」

「そういや、ちょいと仙台の訛りがあったぜ」

「まことですか、沢井さん？」

「ああ。襲ってきやがった中間どもに向かって、馬っ鹿者って切った啖呵だ」

「気丈な女人ですね。無事でいてくださるとよいのですが……」

案じ顔で若様がつぶやいた時、大柄な男が部屋に入ってきた。

「案内も乞わずに無礼を致す。殿より火急のお呼び出しだ」

慇懃ながら迫力のある声で三人に向かって告げた男の名は田村《たむら》譲之助《じょうのすけ》。

南町の内《うち》与力で一番若い譲之助は、裏では番外同心のお目付け役を務めている。

内与力は町奉行所に属する与力と違って、奉行となった旗本の家来である。町奉行所の与力が地方公務員ならば、内与力は私設の秘書。

奉行が主君であるが故、譲之助は「殿」と呼ぶのである。

主君の旗本が奉行職を長く務めれば共に経験値も上がるが、譲之助は父の見習いとして御役目に就いて日が浅く、古株の与力ばかりか同心からも軽んじられる。されど柔術の実力は奉行所内の稽古場で助教を任されるほどで、番外同心の捕物に同行しても後れを取らない。それぞれ腕に覚えの若様たちから見ても頼もしい、背中を預けるに値する腕利きであった。

五

南町奉行の根岸肥前守鎮衛は、役宅の奥の私室で一同を待っていた。

当年取って七十五、年が明けて文化九年になれば七十六となる鎮衛は、町奉行職を拝命して十三年目の熟練だ。

鎮衛は先例にこだわることなく温情を交えた裁きを信条とする一方、天下の御定《ごじょう》法《ほう》の網の目を潜《くぐ》って罪を免《まぬが》れんとした輩を見逃さず、極刑に処するのを躊躇《ためら》わぬ苛烈《かれつ》さも併《あわ》せ持つ。前の北町奉行で去る卯月二十日に現職のまま急な病に倒れて亡くなった小田切《おだぎり》土佐守《とさのかみ》直年《なおとし》と共に名奉行と評判を取り、華のお江戸の安寧を守るために老骨に鞭打つことを厭わぬ日々を送っていた。


「若様らを召し連れましてございまする」

廊下から訪いを入れる譲之助の声が聞こえた。

「大儀じゃ」

譲之助の労をねぎらう声は、低いながらも張りがある。若い頃から定評のある鎮衛の地声の大きさは、年を取っても健在だ。

敷居際に膝を揃えた譲之助が障子を開く。

若様たちは速《すみ》やかに後に続き、鎮衛の前に並んで座った。

「おぬしたちも夜分にご苦労。なにぶん急を要するのでな」

「お気遣いはご無用に願いまする」

代表して謝意を述べた若様に続き、両隣に膝を揃えた俊平と健作も鎮衛に目礼する。

「してお奉行、お話と申しますのは？」

「さるお大名から内々に助けを求められておる。行方《ゆきがた》知れずとなりし家中の者を探し出してほしいとのことじゃ」

「何れのご家中ですかい？」

「まずは伊達陸奥守様、いまひとつは福井《ふくい》三十万石の松平越前守《えちぜんのかみ》様じゃ」

「越前松平と申さば結城秀康《ゆうきひでやす》様……神君家康公《しんくんいえやすこう》の御二男を祖とされる御一門では？」

「左様。越中守様が妹御の定姫《さだひめ》様が嫁がれし御家ぞ。その定姫様付きのお女中が行方知れずとなったそうでの」

「それじゃ、白河の殿さんも一枚噛んでいなさるんですかい」

「身共《みども》に話を持ち込まれたのは越中守様じゃ」

「伊達様のお話は、江戸詰めのお偉方からでござるか」

「さに非ず。若年寄の堀田摂津守《ほったせっつのかみ》様ぞ」

「先々代の殿さんの弟君じゃねぇですかい。松平越中守が老中首座だった時に出した政策を引き継いで、あれこれ動いていなさるんでござんしょう？」

「左様。おぬしらに子細までは明かせぬが、明くる年にようやっと日の目を見る運びとなるであろう難事を手掛けしお方じゃ」

　堀田摂津守正敦《まさあつ》は近江堅田《おうみかたた》一万三千石の譜代大名だ。

　かつて定信が手がけた幕政の改革を、今の老中首座の松平伊豆守信明《いずのかみのぶあきら》と共に推し進める、幕閣の良心とも言うべき存在である。

伊達家の八男として生まれながら故あって隠し子の扱いにされ、堅田藩主の堀田家に婿入りするまで存在を公にされていなかった正敦は、当年五十八。未だ若く意気も盛んな、働き盛りと呼ぶにふさわしい人材だ。

定信が老中首座だった当時には武官の大番頭《おおばんがしら》を務めており、御政道に関わることはなかったが、若年寄となった今は老中たち、とりわけ定信の衣鉢《いはつ》を受け継ぐ信明を能く支える一方、伊達家の先々代の当主だった重村の腹違いの弟として仙台藩の運営にも力添えを惜しまずにいる。

健作が呈した疑義は、そんな正敦の経歴を踏まえてのものだった。

「白河十一万石に堅田一万三千石……摂津守様は石高こそ少のうござるが元を正せば伊達家のお生まれ。まして当代の伊達様はご病弱なれば、何であれ表立って動かれても障りはござらぬと存ずるが、何故に内々にしか動かれぬのですか」

すかさず俊平も同意を示した。

「思うところは右に同じですぜ」

しかし、鎮衛は答えない。

裏には明かせぬ事情があるということだ。

「よろしゅうございまするか、お奉行」

と、若様が折り目正しく問いかけた。

「申せ」

対する鎮衛は若様を、他の若い面々と同様に扱っていた。

番外同心の長として信頼を預けはしても、自分より遥かに格の高い、清水家の真の御世継ぎとして接することはない。

委細を承知でありながら特別扱いをしないのは、若様の素性が余人に知られるのを防ぐためだ。

信を託するにふさわしい存在となった俊平と健作にまで未だ明かさずにいるのは、二人が貧乏御家人の部屋住みとはいえ将軍家御直参である以上、若様が御三卿の子と知るに及べば要《い》らざる遠慮が生じ、番外同心の仲間としての連携に支障を来すと危惧すればこそだった。

「されば申し上げまする」

もとより鎮衛の配慮を承知の若様は、目下の者として振る舞うことを苦にしない。

続いて述べる口調も、あくまで折り目正しいものだった。

「伊達様も松平様も、脅されておられるのではありませぬか」

「脅しとな？」

「ご両家の家中の方々を虜にせし黒幕が、全てを知っていながら痛い腹を探っておることと存じまする」

「……流石だの、若様」

鎮衛は隠すことなく答え始めた。

「おぬしが見立てしとおり、悪しき輩は不届きにも伊達と松平のご両家に揺さぶりをかけておるのだ」

「お奉行、その脅し野郎ってのは何者ですかい」

「伊達様のご家中で池山に大野と申す、江戸詰めの上士じゃ」

「松平様のほうに獅子《しし》身中《しんちゅう》の虫は居ねぇんで？」

「左様な動きはないそうじゃ」

「されば、巻き込まれたということでござるな」

「左様に判ずるべきだの。それもわざと仕組みしことに相違あるまい」

俊平と健作の言葉に、鎮衛は相次いで同意を示した。

続いて若様が存念を述べた。

「真の狙いは定姫様がお兄上……越中守様ということですね」

鎮衛はゆっくりと頷いた。

「……これは大物が一枚噛んでおるの」

「左様に見なすべきでしょう」

若様は鎮衛に同意した上で、新たな見解を示した。

「お奉行、行方知れずになられし方々のご姓名は何と申されますのか」

「伊達様がご家中にて江戸詰めの只野伊賀殿。いまひとりは福井藩上屋敷の奥向きに勤めし、たえ子殿じゃ」

「そのお二人の繋がりは？」

「共に工藤平助の縁者であることだの」

「工藤平助ってぇと、築地の梁山泊《りょうざんぱく》の親玉ですかい」

「何と……」

俊平と健作は驚きを隠せぬ様子でつぶやいた。

続く鎮衛の話によると、たえ子は平助の四女で、伊賀は平助の長女のあや子を後妻に迎えているという。

つまり、二人は義理の兄と妹なのだ。

在りし日の平助は、かつて田沼主殿頭意次が天下の御政道を担った当時の仙台藩医にして海外の事情に明るく、築地に構えた屋敷は梁山泊と異名を取るほどの多士済々《たしせいせい》が集まったことで知られている。

しかし晩年は伊達家の威光も得られず、不遇の最期を遂げている。

「考えてみりゃ稀有《けう》なこったぜ」

「まことだの」

「羽振りが良かった頃の工藤先生なら、可愛い娘と婿殿のために百や二百の身代金は工面したこったろうし、都合する後ろ盾にも事欠かなかっただろうよ。それに伊達の家中だけのことだったら、わざわざ義理の妹までかっさらうことはあるめぇ」

「それもおぬしの目の前でやりおったのであろう？」

「用意周到ってのはああいうこったぜ。どうあっても取り逃がしちゃならねぇって命じられてのことに違いあるめぇ」

たしかに繋がりはあるものの、たえ子を伊賀と共に拉致《らち》する意味は薄い。

「こうなりゃ、大番屋に放り込んどいた中間どもの口を割らせるしかあるめぇな」

俊平が意を決した様子で宣するや、鎮衛に向き直った。

「お奉行、若同心の二人を呼び出してくれやすかい」

「茅場町《かやばちょう》の大番屋か」

「へい。物取りってことで身柄を預けてありやす」

「構わぬが、締め上げるのならば田村でよかろう？」

「お言葉でございやすが、あの手の野郎は体を痛めたところで口を割るもんじゃありやせん。もっとこう、ねちねちいたぶらねぇとね」

「痛め吟味よりも効くと申すのか」

「そういうのは譲さんみてぇに真っ直ぐなお人より、ちょいと斜《しゃ》に構えてる若いのが向いてるんですよ。俺と平田にも、そういう頃がございやしたんでね」

「左様であれば是非に及ばぬ。存分にせい」

「心得やした」


茅場町の大番屋で行われた取り調べにより、二人の中間は知っていることを余さず白状するに至った。

朝までかかるかと思いきや、町境《まちざかい》の木戸が閉じられる夜四つ前に決着を見た。

要した時が短かっただけに、得られた答えも少なかった。

「こいつらの雇い主は池山と大野……その上は与り知らねぇってことかい」

「振り出しに戻ったということだな」

「仕方あるめぇ。仕切り直しだ」

俊平と健作は南町奉行所に立ち戻った。

六

そして北町奉行所では、十蔵が動き出した。

相方の壮平が突如として、胡乱《うろん》な行動を取り始めたからである。

その背景にあったのは、伊達家中に渦巻く不穏。

今の藩主の周宗《ちかむね》は病弱で、いつ命を落とすのか定かではなかった。

後を担うのに適任なのは弟の斉宗で、義理の息子とすれば家督相続に障りはない。

それを快く思わぬ者たちが、家中で蠢《うごめ》いていたのだ。

彼らが邪魔な存在と見なしたのは、周宗の信頼も篤い只野伊賀。

毎年決まって秋から翌年の春にかけて江戸詰めとなり、当主の病弱を幸いに私腹を肥やす者たちの不正を暴いてきた伊賀は、目障り極まりない存在だった。

子どもの居ない周宗が弟の斉宗を養子とするのが、伊達家にとっては何より安泰。

しかし獅子身中の毒虫はこの機に居もしない隠し子をでっち上げ、傀儡《かいらい》として伊達家の実権を握らんと企んでいた。

その悪しき企みに加担したのが、小納戸頭取《こなんどとうどり》の中野播磨守《なかのはりまのかみ》清茂《きよしげ》だ。

いずれ天下の御政道の実権を握った時に備え、外様一の大藩である仙台藩の伊達家を味方に付けるためだった。

清茂の真の目的は伊賀とたえ子を人質にして、壮平に北町奉行の永田備後守正道を暗殺させること。

伊賀とたえ子は壮平にとって、何を措いても救いたい存在。

未だ工藤家に恩義を感じる気持ちに嘘を吐けずにいたからだ。

それを見抜いた清茂は、巧妙に策を講じた。

責任を取って壮平が腹を切り、自ら果てるのも見越してのことである。

十蔵が気付いていなければ、悪しき企みは功を奏したであろう。

しかし、十蔵は壮平を止めた。

人質を救わんとする一念で正道に向けた刃を、体を張って止めたのだ。

そんな十蔵を助けたのが、若様ら南町の番外同心。

「手向かう奴は叩っ斬るぜ」

「右に同じぞ」

囚われた伊賀とたえ子の身柄を取り返したのは、俊平と健作。

「これで楽になれると思わないでください……」

欲得ずくの下士たちを使嗾《しそう》していた池山と大野の両名を打ち据え、生け捕りにしたのは若様だ。

全てが決着したのは、文化八年の大晦日《おおみそか》のことだった。

第四章　幻の御世継《およつ》ぎ

一

晴れ渡った空の下、熱気を裂いて鷹《たか》が飛ぶ。
狙われたのは鴨《かも》だった。
池から飛び立つのを狙って鋭い爪を立て、ものの見事に捕らえたのだ。
放ったのは家斉だ。
御鷹匠《おたかじよう》任せにすることなく、自ら拳に留まらせてのことだった。
「よし」
戻り来た御鷹を前にして、家斉は福々しい顔を綻《ほころ》ばせた。
ここは浜御殿《はまごてん》。千代田の御城からわずか半里（約二キロ）。御成《おなり》ならではの物々しい大行列でも半刻（約一時間）で到着できる、将軍家の別邸だ。

最初に所有したのは四代将軍の家綱《いえつな》の弟だった、甲府宰相《こうふさいしょう》こと徳川綱重《つなしげ》。家綱から与えられた海浜の一万五千坪を埋め立てての庭園作りは、綱重の遺児で六代将軍の座に就いた家宣《いえのぶ》によって完成。当初の面積より大幅に拡張された庭園の中心をなす大池は目の前の江戸湾と繋がっているため潮の満ち引きで水位が変わり、淡水の魚と海の魚が入り混じる特色を備えている。

この大池の中島に渡って糸を垂れ、季節の魚を釣り上げるのも楽しみとする家斉であるが、今日は小さめの鴨池の前に陣取っての鷹狩り中。

浜御殿への御渡りは、家斉にとって何よりの気晴らしだった。

将軍の暮らしには、存外に縛りが多い。

とりわけ重んじられたのは、命日の精進潔斎《しょうじんけっさい》だ。

親族が亡くなった日は生臭物《なまぐさもの》を口にせず、大奥で夜伽《よとぎ》を命じることもない。

実質的に徳川家の世襲となった征夷大将軍も、家斉で十一代。

歴代将軍の命日だけでも、月に十日は色を慎まねばならない。大奥の仏間には歴代将軍の位牌《いはい》が祀られており、家斉も御台所の寔子《ただこ》と共に拝むのが日課だが、祥月命日には曲輪《くるわ》内《うち》の霊廟《れいびょう》まで足を運んで手を合わせる。

命日が重なる将軍も多い。

三代家光《いえみつ》と八代吉宗が二十日、四代家綱と十代家治が八日。

この水無月には家斉の曽祖父と祖父にあたる、二人の将軍の本命日が巡って来た。

吉宗は寛延《かんえん》四年（一七五一）水無月二十日。行年《ぎようねん》六十八。

家重は宝暦《ほうれき》十一年（一七六一）水無月十二日。行年五十一。

共に五十回忌を終えたが、供養が略されることはない。十二日こそ天候不順で老中首座の松平伊豆守信明が増上寺《ぞうじようじ》に代参する次第となったが、二十日には家斉が直々に東叡山《とうえいざん》こと寛永寺《かんえいじ》まで出向き、吉宗の霊廟に詣でている。

将軍家の先祖供養が手厚いことは、去る文化八年の神無月《かんなづき》の十四日に六代家宣の百回忌が大々的に催されたことからも偲ばれる。

その家宣に所縁の浜御殿を、家斉は若い頃から愛して止まない。

行楽に適した春と秋はもとより、暑い盛りも避暑と称して渡り来る。流石に毎月とまでは行かないが、訪れた回数は歴代将軍で一番に数えられることだろう。

楽しむのは鷹狩りと釣りだが、他にもできることはある。

「水練《すいれん》は流石に止められようぞ……ならば船で競うてみるか……」

鷹を拳に留まらせたまま、家斉は独りつぶやく。

「許せよ。相手は殺生が叶わぬ身なれば、そのほうらを遣うての勝負はできぬのだ」

首を傾げる鷹に向かって語りかけつつ、家斉は懐かしげに微笑んだ。

思い起こしたのは、この春に出来《しゅったい》した椿事《ちんじ》。

図らずも相対した相手は、若様と呼ばれる青年であった。

二

時は遡り、文化九年の如月《きさらぎ》のこと。

八森十蔵が郷里の秩父へ旅立ったまま、音沙汰がない日々が続いていた。

十蔵が秩父に赴いたのは、十組問屋《とくみどいや》の肝煎《きもいり》にして三橋会所《さんきょうかいしょ》の頭取を務め、江戸で指折りの分限者《ぶげんしゃ》となった先代の大坂屋茂兵衛《おおさかやもへえ》——今は名字帯刀《みょうじたいとう》を許されて杉本茂十郎《すぎもともじゅうろう》と名乗る男の悪事を暴かんとした捕物に、終止符を打ったためだった。

決着を付ける相手は十蔵にとって因縁の深い、茂十郎の兄。

若様たちばかりか相方の和田壮平も、手出しをしないように止められた。

その壮平は粛々と毎日の御用を務めているようだが、胸の内は穏やかではないことだろう。

南町の番外同心たちも、不安なのは同じこと。

他ならぬ若様も、動揺を隠せずにいる一人だった。

「しっかりしなよ、若様」

俊平に声をかけられたのは、朝稽古の終い《しま》際。技の切れが冴えぬのは、西洋の暦で三月の半ばを過ぎても未だ冷え込むせいだけではあるまい。

井戸端から壮平が歩み寄ってきた。

「沢井さん」

「どっしり構えていてくんな。お前さんは俺たち番外の大将だろ」

「……面目ありません」

弱きを恥じた若様に、俊平は明るく微笑みかける。

髭剃り前のむさ苦しい顔が、朝日の下で頼もしく見えていた。

「八森の旦那のこった。そのうちに涼しい面《つら》して帰《けえ》ってくるに違いねぇやな」

「左様に信じて、お待ちしましょう」

「そうそう。案ずるより産むが易し、だぜ」

「はい？」

肝心なところで何を言うのか。

そこは『待てば海路の日和あり』ではないのか。

面食らった若様に代わって突っ込んだのは、太郎吉《たろきち》とおみよだった。

「あんず？　どこどこ」

「おいらは梅のほうが好きだよ」

「何を言ってんだ、水菓子のことじゃねぇよ」

「じゃあ何なんだい、沢井の兄ちゃん？」

「それは、な」

「どうしたのー？」

幼子たちに詰め寄られた俊平は赤い顔。誤った譬《たと》えを持ち出したことに、ようやく気付いたようである。

健作が居れば毒舌でやり込めて終わりにしてくれるのだが、子どもが相手ではそうはいかない。

「梅が安いって、どこのお店《たな》なんだい」

「たろちゃんといっしょに買ってくるよ！」

「若様ぁ」

「はいはい」

まとわりつかれて往生する俊平に、若様は重ねて笑みを誘われた。

十蔵は無事に違いない。

左様に信じて戻りを待ちながら、日々を前向きに過ごしていこう——。

三

幸いと言うべきか、番外同心の出番は相変わらず多い。

密かな探索による支援を必要とするのは、事件を扱う廻方だけではないからだ。

町奉行は江戸市中の司法に加えて、行政も担っている。

それぞれの分野に係の与力と同心が存在し、自分たちだけでは踏み込み難《がた》い調べを必要としていたのだ。

「貧乏暇なしだなぁ」

「ぼやくでない。急ぎ参るぞ」

何だかんだと言いながら、俊平と健作は御用熱心だ。

負けじと若様も市中を駆け回る。

折しも江戸城中では仙台藩主の家督相続が無事に成る一方、将軍家に仕える旗本の人事異動が行われ、目付の遠山左衛門尉景晋《とおやまさえもんのじょうかげみち》が長崎奉行に任じられた。

「おめでとうございまする!」

吉報《きっぽう》に湧く遠山家では、金四郎《きんしろう》が浮かぬ顔。

父の出世は喜ばしいが、素直に讃《たた》えることができない。

偉大な父——公儀への届けでは祖父とされている——景晋の後を継ぐ自信を持てぬが故であった。

それは義兄——公には義父である景善《かげよし》も同じだが、金四郎の悩みは根が深い。

遠山の家中には頼りない景善よりも、破天荒《はてんこう》ながら大器《たいき》の片鱗《へんりん》を持つ金四郎を次期当主にと望む者が多いからだ。

寄せられる期待には応えたいが、景晋と景善を蔑《ないがし》ろにしてはなるまい。

悩める金四郎の相談に乗ってくれたのは若様だった。

「考えすぎは休むに似たりと申しますよ、金四郎さん」

「ふっ、お前さんは単純でいいやな」

金四郎は毒づきながらも笑顔であった。

もとより若様は温厚で、しがらみがないだけに金四郎も話がしやすい。

若様は十蔵を案じながらも嫌な顔をすることなく、金四郎の話に耳を傾けていた。

四

月が明けて弥生《やよい》の九日、思わぬ事件が起きた。

若様が菊千代に拳法を指南している最中に、家斉が清水屋敷を訪れたのだ。

「ち、父上!?」

まるで予期せぬことであった。

この時の若様は、存在を余人に明かせぬ影の指南。

表向きは定信が柔術の稽古を付けると装い、拳法を教えていた。

家斉は将軍職に就いたばかりの頃、老中首座の定信に支えられた恩が有る。

煙たがりながらも、完全に遠ざけられぬのはそのためだ。

故に菊千代への柔術の指南は許したわけだが、どこの馬の骨とも知れぬ若造が相手をしているとなれば話は違う。

「おのれ、慮外者《りょがいもの》！」

怒号を上げた家斉が命じるまでもなく、若様は警固の一同に取り押さえられた。

怒り心頭の家斉は清水屋敷に居座ると、若様を直々に取り調べた。

同席と釈明を切に望んだ菊千代と定信を、共に退出させた上のことである。

「まずは答えよ。そのほうは何処の何者じゃ」

「その前に、謹んで申し上げまする」

家斉に対し、若様は真摯に告げた。

菊千代がどれほど可愛いかろうと、甘やかしてはならない。

長じた後のことを考え、教え導く。

それが人の親として、真の務めであるはずだと——。

「……そのほう、命が惜しゅうはないのか？」

「一命に替えてでも申し上げねばなるまいと心得ましたので」

「ふむ」

家斉は可笑《おか》しげに微笑んだ。

その笑みを絶やさぬまま、若様に向かって告げる。

「そのほう、余と一戦交えよ」

「戦えとの仰《おお》せにございまするか」

「そのほうが勝たば、菊千代を預けてつかわそう」

「まことにございまするか」

「ただし、そのほうの流儀には合わせてやらぬぞ」

「構いませぬ」

「良き覚悟じゃ」

家斉は満面の笑みを浮かべて言った。

自分が負ければ菊千代の指南を、それも人目を憚ることなく行って構わない。

好条件で家斉が持ちかけた勝負は打毬《だきゅう》。

西洋のポロを原形とする、馬を用いた球技である。

家斉が若い頃から好み、毎朝の日課としてきたことだ。

本来は攻守の双方が馬に乗り、複数の者が参加して得点を競うのだが、家斉が若様に持ちかけた勝負は一対一。

騎乗した家斉が専用の杖《じょう》で飛ばす毬《まり》を、同じく馬に乗った若様が防ぎきれば引き続き菊千代の指南を行うことを認めるが、出し抜かれたら自ら刀を取って成敗する、と家斉は突きつけたのだ。

「謹んで御相手仕りまする」

その一球に命が懸かった条件を、若様は臆することなく受け入れた。

五

事の次第を知った定信は、急ぎ千代田の御城に登った。

「越中、そのほう正気か？」

「御意」

「むむ……」

流石の家斉も驚きを隠せない。

若様を助命するために、定信は隠居を申し出たのである。

かつて老中首座を務めた定信は、家斉にとっては有為《ゆうい》であると同時に目障りな存在であった。先頃に命じた江戸湾防備の御役目も目途が付いており、辞められても障りはない。

望みどおりに隠居をさせても構わぬが、果たして定信自身はそれで良いのか。

「考え直すのならば今のうちぞ、越中」

「もとより二言《にごん》はございませぬ」

迷うことなき答えぶりであった。

定信の隠居を認めた家斉は正式に願い出るように取り計らわせた上で、若様に一月《ひとつき》の猶予を与えた。

元を正せば身内である、定信の覚悟に報いるためではない。

若様を見限るように菊千代を説き伏せるのと並行し、その素性を御庭番衆に調べさせるのに必要な時を稼いだだけであった。

それも、あくまで裏付けを取るためだ。

（……十中八九、あやつは峻徳院《しゅんとくいん》が遺せし子ぞ）

家斉が胸の内でつぶやいたのは、清水家の初代当主であった徳川重好の戒名《かいみょう》。

若様を一目見るなり、その素性を察していた。

亡き重好は九代将軍の家重の二男である。

家重の長男で十代将軍になった家治は、徳川宗家に養子入りして将軍職を継いだ家斉にとっては義理の父。

その家治の弟だった重好は叔父であり、真に若様が重好の子であれば、従弟ということになる――。

家斉が確信を深める一方、同じ江戸城の中奥では清茂が密談に及んでいた。

「おぬしたち、何と判じるか」

「まことに峻徳院様が御子とあらば、是非もあるまい」

「肥後守《ひごのかみ》が申すとおりぞ。今になりて清水家の真の御世継ぎが罷《まか》り出でては、菊千代様の御立場が無《の》うなってしまうのだからな」

「空《むな》しゅう致すが忠義、だの」

声を潜めて語り合う相手は、御側御用取次の林《はやし》肥後守忠英《ただふさ》。

そして若年寄の水野《みずの》出羽守《でわのかみ》忠成《ただあきら》である。

家斉が少年だった頃から御側近くに仕えてきた三羽烏《さんばがらす》の目指すところは、天下の御政道を自分たちの都合の良い形に捻じ曲げて、思うがままに私腹を肥やすこと。

そのためには家斉のみならず、世子の家慶をはじめとする御子たちをも骨抜きにしておくことが必要だ。

清水家の当主に据えられた菊千代も、例外ではない。

その菊千代を心身共に鍛える若様は、清茂らにとっては邪魔な存在。

出自がどうであれ、生かしておくわけにはいくまい――。

六

月が明けて、卯月の九日。

若様の素性が明らかにならぬまま、対決の日が訪れた。

それに先立って江戸城では新たな人事が発表され、定信の隠居が晴れて認められる一方、忠成が西の丸詰めの御側御用人に任じられて、清茂と忠英を喜ばせた。

これで三羽鳥の野望は実現に一歩近づいた。

家慶は忠成に任せておけば大事ない。

後は菊千代を望ましくない方向に育成せんとする、若様を排除することだ。

清茂はこの一月《ひと》の間、密かに若様を付け狙わせていた。

しかし当の若様はもとより、仲間たちも手強《てごわ》い。

若様には相良《さがら》忍群の女頭領である、柚香《ゆずか》まで味方に付いている。

試合に若様が用いる馬は柚香を通じ、人吉《ひとよし》藩の上屋敷から借り受けた。

柚香も腕が立つだけに、付け入る隙は見出し難い。

将軍家の命《めい》により御庭番衆の行状を監視し、大奥を警固する身でありながら許されざることだったが、清茂は告発できない。

柚香の背信を暴き立てれば、勝手に御庭番衆を使役していた忠英と清茂の旧悪も、明るみに出されてしまうからだ。

やむなく清茂は苛立ちを鎮《しず》め、家斉と若様の勝負を見守ることにした。

若様にとって、清茂の干渉など物の数ではなかった。

真に手強いのは家斉だ。

真っ向勝負で勝ちを納め、菊千代に拳法を指南する立場を得なくてはならない。

そのために清茂が差し向ける刺客を退けながら打毬を学び、対策を練ってきた。

仲間たちのみならず遠山父子も協力してくれたことである。

「父上、しっかり」

「ふっ、愚息《ぐそく》に後れを取るほど老いておらぬわ」

長崎奉行となるも驕《おご》ることなく、景晋が見せる馬術は巧み。

負けじと金四郎も足並みを揃え、二人がかりで毬杖《きゅうじょう》を振るって攻めかかる。

若様は馬上から身を躍らせ、双方から迫る毬を受け切った。

「……あの身の軽さは、化け物か」

一部始終を遠眼鏡で見届け、清茂は唖然とつぶやく。

いつもは表情のない顔に、見紛《みまご》うことなき驚愕の色が浮かんでいた。

七

決戦の当日、若様は千代田の御城の馬場に通された。

まだ夜が明ける前。

表に勤める諸役人が登城するより先に決着を付けるためだ。

中奥勤めの者たちも、家斉が常の如く早朝から打毬に興じているとしか思うまい。

いつも相手をしている御小姓衆も、全員を下がらせている。

家斉の御側に控えるのは、清茂と忠英のみ。

若様を後見するのは定信と鎮衛だ。

やがて両陣営に朝日が差す。

どっと家斉が愛馬を駆る。

若様の駿馬《しゅんめ》が飛び出した。
臆することなく、ぶつかり合う。
それは人馬一体の組み討ちだった。
もとより交えるのは鑓でも刀でもない。
ただ一つの毬を巡る、体力と気力のせめぎ合い。
相手の身分も立場も、今や埒外のことである。
家斉は驕らず、若様もへりくだらない。
「ヤーッ」
「オーッ」
気合いの応酬も高らかに、朝日の中を二人は駆ける。
と、若様の馬がよろめいた。
家斉が駆る牡馬《おすうま》に対し、腰砕けになりつつある。
「牝馬《ひんば》を選んだが裏目に出たの！」
何と初心《うぶ》なのか。馬も飼い主に似るということか——。
若様は不覚にも頬を赤らめる。
その隙を逃さず、家斉は一気に駆ける。

目指すは毬を入れる門である。

紅白の幕を巡らせた中の門に毬を打ち込めば、それで決着。

と、家斉の馬の足並みが乱れた。

足元を駆け抜けたのは若様。

もはや動けぬ馬から跳び下り、自ら走り出したのだ。

手にした毬杖を斜めに構え、若様は毬門《きゅうもん》の前に立つ。

「参る」

上げる気合いも高らかに、家斉は疾駆《しっく》する。

「応っ」

応じる若様に気負いはない。馬蹄《ばてい》にかかることを微塵《みじん》も恐れず、迫る人馬を真っ向から迎え撃つ。

「ヤーッ」

馬体の勢いを乗せて、家斉の毬が飛ぶ。

「トォー」

気合いと共に若様の杖が走る。

唸りを上げる毬を受け、杖の先に付けた籠が割れる。

このまま抜ければ、家斉の勝ちだ――。

若様は思わず目を閉じる。

その顔を、長い舌がぺろりと舐めた。

家斉の馬である。

「そのほうの首、竹一枚で繋がったの」

馬上の家斉が苦笑交じりに言うとおり、若様の杖の籠は辛うじて健在。

ころりと落ちかけた毬を、若様は慌てて抱き留める。

そうする間も、家斉の馬は若様に構いたがっていた。

「こやつが余の他の男に懐くとは、のう」

「きょ、恐悦至極に存じまする……」

「苦しゅうない。おなごも馬も惚れさせるが男の甲斐性ぞ」

「は、ははっ」

「ま、程々にの」

戸惑う若様に微笑み返し、家斉は馬首を巡らせる。

燦々《さんさん》と降り注ぐ朝日の下を駆け行く姿が頼もしい。

もとより家斉は愚かなわけではない。

泰平の世に生きる将軍として、独自の形を成している。

しかし、子どもには教え導くことが必要だ。

菊千代の先を思えば、引き離されるわけにはいかない――。

柚香は気配を殺し、一部始終を見届けていた。

固い意志を貫いて勝利した若様の姿に、熱くならずにはいられなかった。

しかし、恋情を燃やすばかりではいられない。

将軍家は武家のみならず、天下の安寧の要《かなめ》だ。

左様に信じる以上、自分も力を尽くしたい。

若様とはまた違うやり方で、事をなすのだ。

清茂の養女として大奥に送り込まれ、家斉を籠絡《ろうらく》せんとするお美代《みよ》の方をいつまでも生かしてはおけまい――。

八

家斉は約定に従い、菊千代に拳法を指南することを認めた。

向後は清水屋敷への出入りは勝手。

御附衆には家斉が因果を含め、邪魔立てはさせない。

清水御門の番士にも、使者が話を通しておくので大事ない。

「それはまた、至れり尽くせりでございますな」

家斉の実の父にして一橋家の先代当主である治済は、顚末《てんまつ》を聞いて破顔一笑した。

生来丈夫な菊千代は父の家斉のみならず、祖父の治済にも将来を見込まれていた。

いずれ菊千代は折を見て、御三家の紀州徳川家へ養子に出す。

八代将軍の吉宗を生んだ紀州徳川は、吉宗の孫に当たる治済にとっては尊ぶ対象であると同時に、制覇《せいは》しなくてはならない家だからだ。

菊千代には、紀州徳川の家中に取り込まれぬ強さが必要。

その強さを養う一助と見なせば、重好の遺児かもしれない青年の指南は役に立つ。

余計な真似をするようであれば、その時に始末をすればよい——。

治済は左様に割り切った。

名も知らぬ若造に、つまらぬ怒りを抱くには及ぶまい。

「若い者には、せいぜい励ませるがよろしゅうござるよ」

治済は好々爺然《こうこうやぜん》と微笑んで、若様のことを忘れ去った。

第五章　八森家の新妻《にいづま》

一

皐月《さつき》を迎えた華のお江戸に、八森十蔵が帰ってきた。

宿敵の茂吉《もきち》に突きつけられた挑戦を受けて立ち、秩父の山中で一対一の果たし合いに及んだ後の行方が杳《よう》として知れぬまま、半年近くが経った後のことだ。

「八森？」

「よぉ、壮さん」

十蔵が前触れもなく顔を出したのは、北町奉行所の同心部屋。

定廻と臨時廻は市中見廻に出払っており、壮平は千代田の御城に登った正道が下城するのに合わせて書類を一件、まとめ終えたところであった。

「ま、まさか昼間の幽霊ではあるまいな……」

壮平はあらぬことを口走りつつ、驚きの余りに筆を落とした。

仕上げたばかりの書類に点々と染みが付く。朝から掛かりきりになっていた苦労が水の泡だが、今は気にしていられない。

文机《ふづくえ》の下まで転がり落ちた筆をそのままに、壮平は腰を上げた。

「安心しなよ。ほら、足もあるぜ」

十蔵は黄八丈《きはちじょう》の裾を捲《まく》り、老いても健在の歯を見せて微笑んだ。

立ったまま敷居を跨ぎ、歩み寄ってきた壮平と向き合う。

「名前のとおりに元気そうだなぁ、壮さん」

「おぬしこそ無事で何よりぞ……」

顔色も良いことを医者としての目で確かめ、壮平は安堵の息を吐いた。

二

壮平は十蔵を座らせると茶を淹れた。

同心部屋の片隅に長火鉢と茶簞笥が用意された、休憩用の場所である。

「あー美味《うめ》え……やっぱり壮さんの茶は格別だぜ」

「痛み入る」

言葉少なに答えつつ、壮平は煙草盆を押しやる。

久方ぶりに聞かされた十蔵の賛辞に照れながらも、何とか平静を装っていた。

「ああ。煙草は止めちまったんだよ」

「まことか」

「ちょいと訳ありでな。煙管《きせる》は郷里《さと》の弟に引き取ってもらったよ」

「されば、実家で養生をしておったのか」

「その昔に源内のじじい絡みで山まで売らせちまったんで、流石に敷居が高かったんだがな……」

恥ずかしそうにつぶやいて、十蔵は茶碗を干《ほ》す。

「で、お奉行は息災《そくさい》にしていなさるかい」

「もとよりご壮健であられるぞ。お若きみぎりの如しとまでは参らぬが、目に見えてお痩せになられた」

「あの布袋《ほてい》様が、かい？」

「これ、罰当たりを申すでない」

「そう言うない壮さん。あのふとっちょがまた痩せたなんて聞かされて、驚くなってほうが無茶ってもんだぜ。まさかやつれたんじゃねぇのかい？　俺のことを案じなすって……」

「あのお方を見くびるでない。以前に増して御役目熱心になられたが故ぞ」

「道理で門番の連中が、いい顔をしていたわけだ」

「さもあろう。今のお奉行のためならば朝昼の表門の開け閉めも、お迎えお見送りの総下座も苦になるまい」

「そいつぁ何よりだ」

微笑む十蔵の体つきは、顔つきと同様に厳めしい。

以前と変わらずに頑健そうで、壮平の右足と左肩のように治らぬ怪我を、茂吉との戦いで負った様子も見受けられない。

纏っていたのは、黒地の染めが渋い黄八丈と黒の紋付羽織。

八丁堀の組屋敷に立ち寄って、身なりを調えたに相違ない。

十蔵は空《から》になった碗を置き、黄八丈の襟を正した。

黄八丈の染めは、年に合わせた渋いもの。

十蔵は茶、壮平は黒である。

十蔵が江戸を離れたのは、未だ寒さが厳しい頃のことだった。

衣桁《いこう》に掛けっぱなしの黄八丈は裏地の下に綿を詰めてあったが、今着ているのは卯月の朔日《ついたち》に綿を抜き、端午《たんご》の節句に裏地まで外した単衣《ひとえ》である。

いつ帰ってきても困らぬようにと、季節の移り変わりに合わせた手入れをしたのは十蔵が雇っていた飯炊きのお徳《とく》である。

「おぬし、お徳には会うたのか」

「組屋敷に寄ったとこで、ちょうど鉢合わせしたよ」

「されば、礼を言えたわけだな」

「ああ。綿入れのまんまになってると思ってたのを単衣に直して、洗い張りまでしてくれてるたぁ、足を向けて寝られねぇやな」

「それよりも、ばさま呼ばわりを控えたほうが喜ばれようぞ」

「いや、そいつぁ無理だな」

「親しき仲にも礼儀ありと申すであろうに……」

壮平は苦笑しつつ、改めて十蔵に目を向けた。

親子ほど年の違う強敵を相手取り、よくぞ無事に戻れたものだ。

さもなくば茂十郎に反撃を許し、南北の町奉行も危うくなっていただろう。

幕閣のお歴々の覚えも目出度い政商として名字帯刀を許された茂十郎だが、裏では詐欺師の親玉だった。若い頃に定飛脚《じようびきやく》問屋《どんや》に奉公しながら人を騙して金を奪う悪事の場数を踏み、今は詐欺師志願の者たちに必要な知恵を授け、騙しの芝居を打つために必要な道具や人手を貸し出して、利を得ていた。

この度し難い悪事を暴いたのが十蔵だ。

茂十郎の守りが堅いと見るや、その知恵と人脈にあやかろうと群がる銭の亡者どもから先に次々召し捕り、悪しき儲けを外堀から断ったのだ。

後ろ盾の中野播磨守清茂にまで手を引かれ、茂十郎は悪事の足を洗った。十組問屋の肝煎にして三橋会所の頭取という立場をわきまえ、持ち前の巧みな弁舌も詐欺ではなく、御公儀に納める冥加金《みようがきん》集めにのみ使うようになった。実の兄にして凄腕《すごうで》の用心棒だった茂吉まで失った以上、再び南北の町奉行に挑んでは来られまい。

十蔵は茂吉と決着を付けるべく秩父へ旅立った際、身分と御役目の証しになるものを一切所持しなかった。

得意な隠し捕具《とりぐ》の万力鎖《まんりきぐさり》は組屋敷に置いてきた。

町方役人だけが縛ることを許された捕縄《とりなわ》はもちろん、江戸三座の客席で掏摸《すり》や置き引きを続けて捕らえるのに重宝した早手錠《はやてじよう》も持っては出なかった。

御成先御免の着流しと黒紋付に加えて、これも廻方同心の目印の一つである、裏が白い紺足袋も履いては出ない。武士の差料であるのが明らかな大小一対の二刀はもとより帯びず、いつも袱紗《ふくさ》にくるんで懐に忍ばせていた十手《じって》も置いて出た。

正道に宛てた一筆を添えてのことだ。

十手を返上したのは茂吉からの挑戦に北町奉行所の隠密廻同心ではなく、一人の男として応じたが故であった。

十蔵は、捨て子だった茂吉を秩父の山中で拾ったものの、平賀源内の弟子となって江戸へ行くのに際して弟夫婦に預けた。

茂吉が悪しき道に入り、多くの罪なき人々が犠牲となったのは、放っておけば土に還るはずだったのを、生かしてしまった自分の責任。

この手で引導を渡すことにより、せめてもの罪滅ぼしとしたい――。

今しがた十蔵が着替えをするために組屋敷に立ち寄ったところ、十手は袱紗ごと消え失せており、添えた書状も見当たらなかった。

「時に壮さん、俺の十手なんだがな」

「案ずるには及ばぬぞ。おぬしが望みしとおり、お奉行に謹んでお返し申し上げた」

「ほんとかい?」

「偽りを申して何とする」

　恐る恐る問われて答える、壮平の態度は落ち着いたもの。

　現れたのは幽霊ではなく、十蔵その人であると認めたが故だった。

「あの書状をお見せ致さねば、お奉行は伊豆韮山《いずにらやま》代官の江川《えがわ》様から関東取締出役《しゅつやく》まで手を回し、おぬしの行方を探させたであろう」

「そうなっちまわねぇように、憚りながら俺ぁ一筆啓上《いっぴつけいじょう》したんだよ」

「安堵せい。私の口から委細を明かしたのはお奉行のみだ」

「南の連中は知ってんのかい」

「肥前守様……南《うち》のお奉行はお見通しだったそうだ。その上で問い質《ただ》されては、如何に腹芸がお得意の北のお奉行と申せど、隠し通せなんだのは無理もあるまい」

「あの心眼《しんがん》に掛かっちまったら、隠し事なんざできめぇよ」

「南のお奉行が明かしなさったのは譲之助殿と番外の三名……若様と沢井、平田だけとのことだ」

「その顔ぶれなら構うめぇ。俺が茂吉に引導を渡すために出張《でば》ったなんて、触れ回ることはあるめぇよ」

「いま一人、公事宿《くじやど》の隠居も察しておるであろう」

「南のお奉行と昵懇《じっこん》の、さむれぇ崩れのご隠居だな」

「播磨守の子飼いであったくノ一と私がやり合うておるところに来合わせ、時の氏神になってくれたのだ」

「ああ、そのことなら綾女《あやめ》から聞いてるぜ」

「綾女？」

「俺を殺すつもりで後を追っかけてると思われて、危うくお前さんの手に掛かるとこだったってな」

「されば、あのおなごは……」

「土左衛門《どざえもん》になりかけたのを救ってくれた、命の恩人さね」

十蔵はくすぐったそうに微笑んだ。

「あのおなごは、一緒ではないのか」

「ああ、野暮用があるんでな」

「野暮用？」

「直《じき》に戻るさね。俺んちにな」

「されば、おぬしたちは」

「この年で何なんだが、そういうことになっちまってなぁ……所帯を持つことにしたんだよ。あの山の神さんとな」

「まことか」

「驚かれるのも無理はねぇが、どうか料簡《りょうけん》してくんな」

「いや……もとより咎めるつもりはない」

「かっちけねぇ」

訥々《とつとつ》とつぶやく壮平に、十蔵は謝意を述べた。

「この年になって、恥もへったくれもねぇこったがな……」

「左様なことはあるまいぞ、八森」

「だったら、一緒にお奉行に会ってくれるかい」

折しも表門の辺りから拍子木の音が聞こえてくる。

正道が下城したのだ。

「是非もない。されば参るか」

「合点《がってん》だ」

阿吽《あうん》の呼吸で頷き合うと、二人は同心部屋を後にした。

「おぬし、皆に何と申し開きをする所存なのだ」

「そんなこたぁ、御役御免にされなかった時に考えればいいこったぜ」

「もしもの時は何とするのだ」

「もちろん何でもやるさね。かみさんと子どもを食わせるためにはな」

「子どもとな？」

「そういう次第になっちまったわけだが、御役目にしがみつくつもりはねぇぜ」

「御役御免にされても構わぬと申すのか」

「今更ってやつだろうさ。いつ引導を渡されてもおかしくねぇ横紙破りを重ねてきたんだからな」

「それは、私も同じであるぞ」

「俺は何をやっても目立つからなぁ。我ながら、よく隠密廻なんて御役目が務まったもんだ」

「………」

「お奉行にゃ失礼なこったろうが、十手に未練がねぇってことは最初にきっちり申し上げるつもりだぜ。すまねぇが黙って見ててくんな」

　黙り込んだ壮平に、十蔵は気負うことなく告げるのだった。

三

「見くびるでないぞ、八森っ」

障子を震わせるほどの大声が、八つ下がりの一室に響き渡る。

北町奉行所に併設された奉行の役宅。

その奥に正道が陣取った私室である。

人払いをするまでもなく、みだりに近付く者など居ない。

隠密廻は町奉行から直々に命を受け、他の与力と同心が与り知らぬ大事の探索にも携わる立場。

まして十蔵と壮平は『北町の爺様』と呼ばれるほどの古株だ。

その十蔵が、今は膝を揃えたまま動けない。

若い頃から能の修業で鍛え上げた正道の声は、それほどまでに激しかった。

三人だけの部屋の中、正道は憮然《ぶぜん》と十蔵を見返した。

正道の膝元に三方が置かれている。

十蔵が生きて戻ったと前触れを受け、嬉々として内与力に用意させたのだ。

三方に載っているのは紫房《しぶさ》の十手。

壮平が懐に忍ばせた十手にも、同じ色の房が付いている。

格別の手柄を立てた者だけが与えられる、町方役人にとって一番の勲章だ。

正道が怒り心頭なのは十蔵が顔を合わせるなり、発した言葉が理由だった。

「菜飯《なめし》売りだと？　飴売りだと？　所詮は人真似に過ぎぬ小商いの稼ぎだけで妻子を食わせていけるはずがあるまいぞ」

「お言葉ですが、筋を通すためでございやす」

「おぬしが子を孕《はら》んだおなごが、播磨守の手の者であるからか」

「へい」

「お払い箱にされた上のことだと当人が申しておるのであろう」

「左様でございやす」

「ならば何も障りもあるまい」

「そうは言っても、播磨守が」

「あやつは悪人なれど恥を知っておる。ひとたび離れることを許した者に危害を加えはすまい。子を宿したとなれば尚のことじゃ」

「敵のお情けで見逃されたんじゃ、俺のほうが恥でさ」

「それが驕りだと申しておるのだ。痴れ者め」

「…………」

「勝手を申すのも大概にせい」

怒気も強く、正道は続けて言った。

「おぬしを御役御免にして、すぐに代わりが見つかるとでも思うておるのかっ」

「お奉行……」

十蔵は啞然と正道を見返した。

構わず正道は言い放つ。

「あれから南町の手を借りるばかりで、身共の面目は丸潰れぞ」

「丸潰れ……ですかい？」

十蔵は傍らの壮平に視線を向けた。

壮平は恥じた様子で面《おもて》を伏せ、一言も返せずにいる。

「そいつぁ申し訳ございやせん」

十蔵はすぐさま頭を下げた。

御役御免を恐れぬ態度に壮平が戸惑ったのも、正道が怒り心頭になったのも、無理のないことだと気付いたのだ。

敵対はしておらずとも、張り合うのは人の性《さが》。

南北の町奉行といえども例外ではない。

十蔵を復職させるより他に、正道に打つ手はないのだ。

「有難く、元の御役目を務めさせていただきやす」

「衷心《ちゅうしん》より左様に思うておるのか？」

正道が念を押してきた。

「も、もちろんでございやす」

気迫に圧《お》されながらも十蔵は言う。

「されば明朝より出仕を致せ。今日だけは休ませてやる」

「か、かっちけねぇ」

安堵の余り、十蔵は伝法な口調になった。

構うことなく、正道は三方を差し出した。

謹んで十手を受け取り、添えられた袱紗にくるんで懐に収める。

それを見届け、正道は言った。

「料簡したならば早《はよ》う帰れ」

「へいっ」

「祝言《しゅうげん》を挙げるのも忘れるでないぞ」

「祝言、ですかい」

「腹が目立とうと大事はない。目出度き印である故な」

「そのとおりでございやすが、先立つもんが」

「案ずるには及ばぬ。復職の祝い代わりに都合してつかわす」

「ほんとですかい？」

「ただでは出さぬぞ。招く者の数を取りまとめ、見積もりを持って参れ」

「はぁ」

「手伝おうぞ、八森」

戸惑う十蔵に壮平が申し出た。

「いいのかい」

「私が言うのも何だが、夫婦とは節目節目で祝うことが何より大事ぞ。その初めたる祝言を疎かにしては相ならぬ」

「そういうことじゃ」

正道も重々しく告げてくる。

「心得やした。重ねて有難く、仰せのとおりにさせていただきやすよ」

十蔵は改めて礼を述べ、壮平と共に辞去した。

「されば八森、引き揚げるか」

「御用はもういいのかい？」

「書き物は組屋敷で夜なべを致せばよい。さ、急ぎ参るぞ」

四

八森家の中は整然としていた。

空気が澱んでいない上、掃除も行き届いている。

飯炊きのお徳が労を惜しまず、十蔵が留守の間も足繁く訪れては、家事に勤しんでくれたおかげであった。

「おっ、ばさまじゃねぇか」

「徳ですよう」

「壮さんに聞いたぜ。俺が居ねぇ間も三日と空けず、来てくれてたそうじゃねぇか」

「あんなに弾んでもらっといて、何もしないわけには参りませんよう」

「お前さんにお金を渡す時、小商いの元手にしろって言ったはずだぜ」

「あたしに商いなんかできやしません。無駄遣いせず、今日まで食いつなぐのに遣わせていただきましたよ」

「それじゃ、また飯炊きを頼んでもいいのかい？」

「はい、もちろんですよう」

二つ返事で請け合うお徳は、五十女の後家である。

お世辞にも美人とは言えぬが気のいい質で、炊事はもとより掃除に洗濯、針仕事も達者にこなす。

「あら、もうお勤めが退《ひ》けたのかい？」

目出度く話がまとまったところに、艶のある声が割り込んできた。

艶っぽくも品のあるたたずまい。

それでいて、武家娘めいた気位の高さもない。

「こちら様が旦那の……？」

「ああ。新しい嫁さんだよ」

「まぁ、ほんとにお綺麗な……」

お徳が見とれたのも、無理はない。

美しい女人であった。

上背があり、肉置《ししお》きも豊かである。

胸にも増して腹のふくらみが目立つのは、子を宿している証しだ。

お徳に微笑みかけた上で、十蔵に向き直った。

「改めてよしなにお願いしますね、旦那様」

艶めくも淑《しと》やかな、この女人の名は綾女。

敵と承知で一目惚れした十蔵に寄せた想いを成就し、八森家に迎えられるに至った新妻であった。

第六章　乱心からくり

一

かくして十蔵と綾女は、仲睦まじく暮らし始めた。

八森家で間借りをしている司馬江漢《しばこうかん》は年明け早々から旅に出ており、いま一人の間借り人である由蔵《よしぞう》は出入りを遠慮している。

「お前さんもちっとは気を回してくんねぇ、ばさま」

「徳ですよう」

お徳は常の如く年寄り扱いをされるのに憤慨しながらも甲斐甲斐しく、十蔵と綾女の世話を焼く。もとより妬心《としん》など微塵も抱かず、仲の良い様を拝むのを楽しみにしているようだった。

そんな八森家の有様は北町奉行所のみならず、南町の面々にも伝わっていた。

「大したもんだなぁ、八森の爺さん」

「我らも見習わねばなるまいぞ」

すでに十蔵は子を授かったと耳にして、俊平と健作は感心しきりだ。

組屋敷で暮らす三人きょうだいにも、その話は伝わっていた。

「やもりのじいちゃんに、あかちゃんがうまれるの？」

身近に赤ん坊が誕生するのが、おみよは楽しみであるらしい。

「ばかだなぁ。男が子どもを産むわけないだろ」

妹の無知をからかう太郎吉も、実のところは分かっていない。

「若様、お祝いは？」

長男の新太《しんた》は言葉少なに、そんなことを気に掛けていた。

「皆さんで考えましょう。知恵を貸してくださいね」

「わかった」

笑顔で告げる若様に、無口な少年はぼそりと答える。

表情にも乏しい新太だが、どことなく嬉しげなのが見て取れる。

十蔵は身重の綾女を気遣いながら、北町奉行所で再び精勤しているようだ。

若様にしてみれば頼もしい限りである。

日頃から人と張り合うことなど考えぬ若様は、もとより十蔵に対抗意識など抱いてはいない。華のお江戸の安寧を護るために戦う先達として、純粋に敬意を抱くのみであった。

しかし、若様は知らなかった。

十蔵が皐月に合わせ、療養していた秩父の実家から江戸へ戻ってきたのは、綾女の体調が落ち着いたが故だけではない。

「そろそろだなぁ、壮さん」

「左様。ゆめゆめ忘却《ぼうきゃく》してはなるまいぞ」

皐月も半ばを過ぎ、十蔵と壮平がそんな言葉を交わしているのも知らずにいた。

二

文化七年（一八一〇）皐月二十二日の八つ刻《どき》のことである。

北町奉行所は予期せぬ刃傷沙汰に見舞われた。

金右衛門《きんえもん》という天領の農民が奉行所内で乱心し、隙を衝いて奪った刀と脇差で複数の者を殺傷。時の北町奉行であった小田切土佐守直年の晩節《ばんせつ》を汚した事件だ。

八森家に出入りの由蔵が、後に『藤岡屋日記《ふじおかやにっき》』の名で世に出た記録に残している。

事件を起こした当時の金右衛門は四十八。在所は上総国《かずさのくに》山辺郡《やまべごおり》の田中村《たなかむら》。

山辺郡の四十五村は将軍家から旗本に与えられた知行地で、田中村を授かったのは小姓組の大沢忠次郎《おおさわちゅうじろう》という旗本だった。

書院番と併せて両番と呼ばれる小姓組は将軍の御側に仕える小姓と違って、江戸城中に詰める番士である。

役高が五百石の小姓に対し、小姓組はわずか三百俵。

上役の番頭は四千石、与頭《くみがしら》は一千石の高給取りだ。

しかし忠次郎の役高は三百俵にすぎない。

御家人より立場が上の旗本で、蔵米取りより格の高い石取りでも御城勤めの役人としては軽輩でしかなかったが、知行地の村にとっては殿様だ。

小なりとはいえ殿様の忠次郎から田中村に年貢米六俵の払い出しが命じられたのは事件が起きた前の年、文化六年（一八〇九）の暮れのことだった。

受け取り主は忠次郎と共に江戸城を警固する、大番士の酒井九郎左衛門《さかいくろうざえもん》。

武士にとって正式な俸給である米は金銀に等しく、俵単位で貸し借りをすることも珍しくはない。

六俵の米を用意したのは、田中村の幸右衛門《こうえもん》という農民だった。

米俵は九郎左衛門が指定した小網町《こあみちょう》一丁目の船宿に届けられたが、船宿のあるじの利兵衛《りへえ》が用命されたのは黒米《くろまい》と呼ばれる玄米《げんまい》。

幸右衛門は召使いが取り違えたのに気付かぬまま、精白済みの六俵を江戸に送ってしまったのだ。

米は精白すると二割も嵩《かさ》が減るため、多く払い出した領主の忠次郎は損を被る。

精白する仕事が無くなった搗米屋《つきごめや》にとっても、これは迷惑な話であった。

搗米屋が北町奉行所に訴え、明るみに出た事件は幸右衛門が落ち度を咎められ、六俵の白米を御公儀が没収して落着《らくちゃく》した。

収まらなかったのは病気の幸右衛門に代わって召喚に応じ、北町奉行所に出頭した田中村の金右衛門。

金右衛門は村役人の一人として、百姓代を務めていた。

村全体にとって大事な年貢米を取られたばかりか、旗本たちの間に入った利兵衛に後難《こうなん》が及ばぬように、一筆を入れることまで命じられた。

命じたのは係の与力だ。

この仕打ちに、金右衛門は怒って乱心。

これでは村に帰れぬと激昂《げっこう》して脇差を奪い、凶行に及んだのである。

取り押さえられた金右衛門は、月明け早々の水無月四日に獄門に処された。

それにしても、大胆過ぎる犯行である。

この事件に関する記録において、金右衛門は癇癪《かんしゃく》持ちだったと繰り返し強調されている。

しかし、金右衛門は村の代表の一人だ。

齢《よわい》を重ねただけに、分別《ふんべつ》もあったはず。

たとえ短気を起こしても無差別な殺人を、罪のない役人たちの家族まで巻き込んで引き起こすとは尋常ではない話だった。

三

その日、若様は八森家を訪れていた。

文化九年の皐月二十日。

北町奉行所の刃傷沙汰から二年目を迎えた夜のことだった。

「すまねぇなぁ若様、夜も遅くに付き合わせちまって」

「構いませんよ。お招きをいただいて、こちらこそ痛み入ります」

「まぁ、これでもやってくんな」

「頂戴します」

十蔵が注いだ甘酒を、若様は恐縮しながら一口啜る。

麦湯と同様に井戸で冷やして楽しむ甘酒は、江戸っ子にとって夏場に欠かせぬ飲料であった。

「されば、ご返杯を」

「すまねぇな」

対する十蔵が口にしたのは無色の蒸留酒《じょうりゅうしゅ》。

「こいつぁラム酒っていうのだぜ、若様」

「らむ、ですか」

「異国の船に樽で備え、暑さ凌《しの》ぎに呑むそうだ」

横から言い添えたのは壮平である。

北町の爺様が揃い踏みで若様を呼んだのは、寝酒の相手を望んだが故ではない。

当の若様にも、そのぐらいは察しがついた。

酒粕《さけかす》の舌触りが心地よい甘酒を味わいながら、話を切り出されるのを待つ。

「なぁ、若様」

口火を切ったのは十蔵だった。

「お前さん、一昨年の今日に北《うち》で起きた騒ぎを知ってるかい」

「ご愁傷様《しゅうしょうさま》にございまする」

「かっちけねぇ」

礼を述べた十蔵に続き、壮平が口を開いた。

「そのことについて、南のお奉行から聞いたことはござらぬか」

「ございません」

即答したのは事実である。

二人がわざと酔わせて話を訊き出す真似などしないのは、もとより若様も承知の上である。

鎮衛が生来備え持っている、この世ならざるものが視《み》える異能の力を借りたければ正道を通じて申し入れ、南町奉行所へ直に話を訊きに来るはずだ。

今宵は若様個人の見解を求め、呼び出したに相違ない——。

つと十蔵が腰を上げ、巻紙を持ってきた。

「こいつぁ、うちに間借りしてる由の字が綴《つづ》ったもんだ」

「日頃から書き留めておられるものですね」

「あいつには話をしてあるから、遠慮しねぇで目を通してくんねぇ」

「心得ました」

若様は受け取った巻紙に、頭から目を通していく。

「…………」

「どう思うね」

読み終えるのを待って十蔵が問うてきた。

「……まず申せますのは、腕が立ちすぎることでしょう」

「金右衛門の、かい」

「もとより士分に非ず、剣の修行もしておらぬ身でありながら、女人と子どもばかりか大の男を相手取り、斬り伏せたとは異なことです」

答える若様の口調に澱みはない。

凶行を起こした者に対する怒りも、犠牲となった無辜《むこ》の者たちに対して覚えた悼《いた》みも露《あら》わにすることなく、客観的に意見を述べていた。

事件に対して感情を交えると目は曇り、思考は揺らぐ。

そのことを若様は理解しているのだ。

「たしかに、金右衛門にゃ剣術の覚えはなかったそうだ」

「やはり、ですか」

「したが野良仕事は至極真面目にこなしておった」

「と、いうことは？」

「鍬《くわ》の扱いには手慣れておる。つまり手の内の錬《ね》りは、熟練の剣客にも劣らぬほどであったということぞ」

それは抜刀鬼と呼ばれた壮平ならではの見解であった。

金右衛門には、刀を正確に扱う下地があったのだ。

とはいえ、それだけで幾人も殺傷できるものではない。

乱心すれば尚のこと、刃筋はぶれる。

鍬の如く正確に、繰り返し、力の配分を心得て打ち振るうことなどできはすまい。

「…………」

しばしの間を置き、若様が言った。

「先頃に、人の心を操る術があると仄聞《そくぶん》しました」

「左様」

「ああ、あるぜ」

二人はすぐに同意を示した。

「その術をかけられたならば、ひとたまりもありますまい」

「金右衛門はそいつに操られた、ってことかい」

「左様に判ずれば、合点がいきます」

「やっぱり、お前さんもそう思うか」

「……黒幕は中野播磨守、なのでしょうか」

「決め付けるわけにいかねぇが、その線が強いだろうぜ」

若様に問われて答える十蔵は、厳つい顔に闘志を燃やす。

傍らに座した壮平も、端整な横顔に強い決意を宿していた。

若様を帰した上で、二人は酒を酌み交わす。

今日は朝から雨空だった。

「やっぱり若様は違うなぁ」

「おかげで思案が固まったぞ」

かねてより十蔵と壮平は御用繁多の合間を縫い、金右衛門が犯行に及んだ真の動機を探っていた。

その上で若様に来てもらい、所見を求めたのである。

「やっぱり野郎は操られたのだろうぜ、壮さん」

「若様の所見が決め手だったな」

「もちろん、誰にでもなし得ることじゃねぇぜ」

「もとより承知ぞ」

「播磨守を締め上げられりゃ話は早えんだがな」

「折を待ちつつ、目を光らせるしかあるまいぞ」

「そういうこったな」

二人きりになっても、十蔵と壮平は声を潜《ひそ》めるのを忘れない。

同じ屋根の下で綾女が寝ているからである。

かつて綾女が仕えた清茂は人を操る、言霊《ことだま》の術を心得ている。

その術で清茂は壮平に術を掛け、正道を暗殺させようとしたことがある。

壮平は操られることなく反撃に転じたものの伊賀とたえ子を人質にされ、やむなく正道に刃を向けるも、十蔵の奮戦によって事なきを得た。

しかし常人は、清茂の術に抗しきれまい。

金右衛門が清茂に操られていたのであれば、凶行に走ったことも頷ける。

壮平は十蔵が江戸を離れている間に探索を重ね、清茂らしい人物が金右衛門と接触したことを突き止めていた。

「播磨守の野郎、存外に化けるのが得意みてぇだな」

「過日も芝居小屋に潜みおった故な」

「で、播磨守の狙いだけどよ」

「前のお奉行のお命、と考えるのが妥当であろう」

「そうでなけりゃ下城に合わせて役宅まで押し入るめぇ」

「そういうことぞ」

壮平は確信を込めてつぶやいた。

小田切土佐守直年は、金右衛門の凶行で晩節を汚した北町奉行だ。

南町の鎮衛と共に名奉行と呼ばれた人物。南北の町奉行が優秀すぎることを望まぬ清茂にとっては排除したかったであろう相手だ。

真に黒幕だったとすれば許し難いが、正面から挑むわけにはいかなかった。

清茂は小納戸頭取として、表向きはそつなく御役目をこなしているという。

その配下たちには亡き直年の遺児で、家督を継いで小田切家の当主となった鍋五郎《なべごろう》も含まれていた。

家督を相続する以前は自ら事件を解決せんと躍起になり、十蔵と壮平が止めるのも聞かずに金右衛門の生前の足取りを追ってばかりいた鍋五郎も、今や一人の小納戸として将軍の御側近くで働く身。

その生殺与奪《せいさつよだつ》を握っているのが清茂なのだ。

「鍋五郎さんのことを考えりゃ、迂闊《うかつ》に動けめぇ」

「さもあろう……」

忸怩《じくじ》たる想いを抱きつつ、十蔵と壮平は苦《にが》い酒を酌み交わす。

そんな二人の様子を、綾女は敷居越しに気配を殺して見守っていた。

第七章　愛すればこそ

一

それから三日が過ぎ去った。

「さてさて。今日こそは、たーんと召し上がっていただかなくっちゃ」

お徳は今朝も寝起きから張り切っていた。

降り止まぬ長雨の中、路地を抜けて表の通りに向かう足の運びは軽い。下駄の歯に絡む泥も何のその、ぬかるむ道を進みゆく。

お徳の暮らす長屋があるのは、八丁堀の北を流れる紅葉川《もみじがわ》を越えた先の町人地。後に紅葉川を埋めて敷かれた昭和通《しょうわどお》りと中央通《ちゅうおうどお》りの間に広がる町で、東京駅の八《や》重洲口《えすぐち》まで歩いて行ける日本橋二丁目の界隈といえば指折りの一等地だが、文化九年の当時は大通りの裏に長屋の並ぶ路地も多い、五十過ぎの後家のお徳が微々たる給金で長屋の店賃を払い、日々の暮らしに必要な品を購って、無理なく暮らしていける町だった。

下駄職人だった亭主に先立たれ、女手一つで生きていくのは楽ではないが、お徳は若い頃から働き者。男やもめだった十蔵の世話を焼くのも苦にならなかったが、新妻の綾女と共に帰ってきてからは、更に働き甲斐が増していた。

見目麗《うるわ》しい女性を好もしく思うのは、男も女も同じである。

外見は良くても性根が腐っていれば話は別だが、綾女は中身も上玉《じようだま》だ。

驕《たか》らず昂《ぶ》らず、十蔵はもとよりお徳にも、世話を焼かれるたびに礼を言うのを忘れない。何も親子ほど年の離れた十蔵の後妻にならずとも、所帯を持とうと思えば引く手数多《あまた》のはずである。

妙な取り合わせだが、綾女から十蔵に懸想し、念願が叶って夫婦になったとあらば是非もない。

今は身重の体を周りの一同で支え、母と子が共に出産を無事に終えるまで見守ることだ。

海賊橋《かいぞくばし》を渡ったお徳は紅葉川を越え、八丁堀の地を踏んだ。

橋の東詰を道なりにしばし歩けば、向かって左手は茅場町。

以前に綾女が茅場町芸者になりすまし、十蔵に接触したことをお徳は知らない。

その時にはもう、敵方の十蔵を好きになっていたことも――

二

八森家に着いたお徳はそぼ降る雨の中、見慣れた木戸門を勇んで潜った。

水を多めにして米を炊き上げ、味噌汁の出汁を取る。

折しも町境の木戸が開き、棒手振《ぼてふ》りの行商人たちが表の通りを行き交い始めた。

豆腐に納豆、浅蜊《あさり》の剝《む》き身。

雨の日も休まずに来てくれるのは有難い。

「豆腐屋さん、木綿を半丁！」

大きさが後の世の四倍もある豆腐を一丁、そのまま購うのは余程の大所帯。

二人分の味噌汁の具にするなら小半丁《こはんちょう》――四分の一もあれば十分だったが、今朝は多めに買い求めた。

半分を賽《さい》の目切りにして出汁に入れ、残る半分は水切りをして、手で砕く。

鉄鍋を熱して油を引き、砕いた豆腐を投入。

残った水気を飛ばしながら焼き目を付け、塩少々と酒、醤油で味を調える。

拵えたのは炒り豆腐である。

そのままでも食べられる豆腐に、わざわざ火を通した目的は二つ。

ただでさえ物が腐りやすい時期だけに腹を下すのを防ぐことと、目先を変えた献立にすることで、綾女の食が進むようにさせることだ。

健啖《けんたん》で胃腸も丈夫な十蔵はこの際どうでもよいが、新妻は八森家に来たばかり。もとより大食いではなかったとはいえ、このところ明らかに食が細い。腹の赤子の分まで滋養《じよう》を取ってもらうためには、手間を惜しまぬ所存であった。

「旦那ぁ」

綾女が食事を終えて去った後、お徳は半泣きになっていた。

「しっかりしねぇかい、ばさま」

「徳ですよう」

十蔵の年寄り扱いに憤慨して見せながらも、お徳の嘆きは止まない。

原因は下げたばかりの綾女の膳だ。

飯も菜も、ほとんど手を付けていない。

豆腐汁は具を残し、汁だけを口にしていた。

「まさか宿酔《ふつかよい》でもあるめぇに、妙なこったな……」

十蔵は解せぬ様子で首を捻る。

江戸に戻る以前から、綾女は酒をほとんど口にしていない。

悪阻《つわり》になって月のものが止まり、子を孕んだと分かってからは尚のことだ。

綾女は孕んで五月目《いつつき》に入っていた。

壮平の話によると、子袋は大人の頭ほどの大きさになっているという。

去る戌《いぬ》の日に十蔵が付き添って安産祈願を済ませ、腹帯《はらおび》も巻いていた。

悪阻は先月の内に収まっており、炊き立ての飯の匂いを嗅いだだけで吐き気を催す時期は過ぎたはず。

事実、つい先頃まで箸の進みは良かったのだ。

急に食が細くなったのは、二十一日の朝以来。

前の日の夕餉は旺盛な食欲を発揮し、きっちり二人分を平らげていた。

とすれば、何かが起きたのは二十日の夜。

あの夜の十蔵は若様を交えて金右衛門の刃傷沙汰を検証し、その後も壮平と二人で語り合った。

あの話を、綾女に聞かれたのではあるまいか――。

「このまんまじゃ、赤んぼもいけなくなっちまいますよう」

お徳が泣き出さんばかりにして十蔵に訴えかけた。

動揺しながらも、懸命に声を潜めている。

綾女の耳には余計なことを入れたくないのだ。

今でこそ屋敷の奥に引っ込んでしまっている綾女だが、朝餉の席では十蔵が食べ終えるまで膝を揃えて待機し、給仕まで買って出た。

綾女が十蔵に寄せて止まない好意は本物。

されば十蔵は綾女に対し、どれほど謝意を表することができているのか――。

十蔵は厳めしい顔を引き締めた。

「すまねぇな、ばさま」

固い決意を固めても、いつもの呼び癖は変わらなかった。

それはお徳も同じであろう。

「徳ですよう」

咄嗟《とっさ》に言い返す元気があれば安心だ。

「とにかく、後は任せな」

「お頼みします」

お徳はぺこりと頭を下げた。

綾女と引き合わされて日が浅いにもかかわらず、心から気遣ってくれている。

この気遣いを、無下にしてはなるまい。

三

十蔵はお徳を台所に残し、綾女が引っ込んだ部屋に足を向けた。

町方同心に与えられる屋敷地は、平均して百坪だ。

ただし南町奉行所は格が上のため、北町は百坪を下回る。

八森家も例に漏れず、若様が暮らす南町の組屋敷より少々手狭。

それでも男やもめの暮らしには広すぎたため、十蔵は手前の二間を司馬江漢と由蔵に一部屋ずつ賃貸させ、気心の知れた独り身の無聊《ぶりよう》を慰めていた。

綾女が引っ込んだのは、由蔵に貸した部屋である。

障子は固く閉じられていた。

その前に立ち、十蔵は訪《おとな》いを入れた。

「よぉ、気分はどうだい」

「…………」

声を潜めた訪いに、答えはない。

「なぁ、聞こえねぇのかい」

「…………」

宥《なだ》めるように問いかけても、応じる様子はない。

「おい、何をしてるんでぇ」

「…………」

少々声を荒らげても、答えは返ってこなかった。

もしや、不貞寝《ふてね》でもしているのか。

それはそれで構わぬが、綾女は身重の体である。

この部屋に布団は備えつけていないはず。放ったままで出仕に及び、風邪など引かれてはまずい。

十蔵はやむなく障子に手を掛けた。

家主といえども、貸した部屋に勝手に出入りをするのは御法度《ごはっと》だ。

しかし、この部屋に限っては大事ない。

十蔵は江戸に戻って早々に由蔵に話を持ちかけ、綾女が独りになりたい時は出入りをしても構わないと、あらかじめ了解を取り付けたからだ。

壮平の話によると、子を孕んだ女人には家族といえども好きこのんで見せたくないことが多いという。

緩んだ腹帯を巻き直すのも、腹の赤子が大きくなるほど張りが増す乳房をほぐして溜まった乳を絞り捨てるのも、良人《おっと》とはいえ十蔵には見せられまい——。

故に由蔵に話を通し、部屋を寸借《すんしゃく》させてもらうことにしたのだ。

「開けるぜ」

いま一度断りを入れた上で、十蔵は障子に手を掛ける。

敷居の向こうに見て取れたのは、整然と積まれた文書の綴りのみ。

「ん？」

片隅に置かれた文机の上に、千切られた巻紙が置かれていた。

暫時《ざんじ》気晴らしに出向きたく

略儀にて願い上げ候

男に負けず力強い筆遣いで書かれた文字はかすれ気味。硯《すずり》に添えられた水差しが空《から》だったため、乾いたままに置かれていた筆の先を舐めて記したらしい。

見れば、明かり取りの窓が微かに開いている。

十蔵は廊下に走り出た。

「どうしなすったんですか、旦那？」

慌てた声を上げるお徳に構わず、三和土に視線を巡らせる。

綾女のために用意した下駄がない。

下ろし立ての蛇《じゃ》の目《め》の傘も一本、見当たらなくなっていた。

四

綾女はそぼ降る雨の中を、黙々と歩いていた。

風が強くないため、傘一本でも体を濡らすことはない。

冬の雨と違って冷えはしないため、素足に下駄ばきでも大事なかった。

自然と足が向いたのは、安産祈願をした社《やしろ》。

この社への参拝は江戸に戻って初めての、二人きりでの外出だった。

後に続いて歩くだけで、胸が弾んだものである。

その喜びも、今は思い出すのが苦しい。

三日前の夜に図らずも耳にした、北町奉行所の刃傷沙汰。

黒幕が清茂であったことを、かつて仕えた綾女は知っている。

今となっては詮無《せんな》きことだが、あの時に十蔵と出会い、清茂と決別するに至ったならば、事が起きるのを防げたはずだ。

十蔵は、あの事件を過去のものとはしていない。

壮平も同じである。

清茂の仕組んだことと分かれば、放ってはおかぬだろう。

筋を通して告発し、公の法の下に裁くのか。

あるいは人知れず斬って捨て、犠牲となった北町の仲間の無念を晴らすのか。

いずれにせよ、綾女としては立つ瀬がない。

愛《いと》すればこそ、心苦しい。

愛しいが故に、辛い。

雨に濡れる鳥居を見上げた時、ふと足元がよろめいた。

咄嗟に腹を庇《かば》おうとしたとたん、下駄の歯が折れた。

思わず目を瞑《つむ》った綾女の肩が、がっしりと摑まれた。

「間に合ったかい……」

力強い声の主は十蔵だ。

その声を耳にしながら、綾女は意識を手放した。

「……！」

気がついた時、綾女は柔らかな布団に寝かされていた。

「由の字の野郎、このぐれぇ自前で揃えとけってんだ」

十蔵のぼやく声が聞こえる。

「左様に申すでない。大事に至らずに何よりぞ」

応じる声は壮平だ。

綾女を連れ帰った上で、二人して付き添っていてくれたらしい。

「あっ、目が覚《さ》めたようですよう」

お徳が歓喜の声を上げた。

「しっ。お声が大きゅうございますよ」

すかさず窘めたのは、壮平の妻女の志津《しづ》だ。

綾女は布団の中で気を巡らせる。

どこにも痛みは感じず、下《お》り物を漏らした様子も無い。

腹の子に障りがないと知るに及んで、ほっと安堵の息が漏れる。

それにしても何故、鳥居を見上げたとたんに力が抜けたのか。

「おぬしは血の気が薄うなっておったのだ」

胸の内に抱いた疑問を察したかの如く、壮平が言った。

「血の気が……」

「有《あ》り体《てい》に申さば、空腹の余りに目を回したのだ」

「そんな、子どもじゃあるまいし」

「子どもより質《たち》が悪いぜ」

横から十蔵が毒づいた。

「八森が申すとおりぞ」

すかさず壮平が頷いた。

「まことですよ、綾女さん」

志津も苦言を呈してくる。

「子どもは分かりやすいですからねぇ」

お徳は安堵の余りなのか、常にも増してのんびりした口調でつぶやく。

と、綾女の腹がぐうと鳴る。

「おっ、こっちも分かりやすくなってきたぜ」

十蔵が苦笑交じりに言った。

「そのようだの」

壮平は首肯《しゅこう》しつつ、傍らの志津に目配せをした。

「さ、まずは喉をお湿しなされ」

志津は綾女の上体を起こし、お徳が注いだ白湯《さゆ》を飲ませる。あらかじめ枕元に用意をしていたらしい。

「よき飲みっぷりだ。この様子ならば大事あるまい」

「ほんとかい、壮さん？」

「大事ない。後の世話は女手に任せよ」

居残りたそうな十蔵を促して、壮平は腰を上げた。

「お奉行のご登城にはまだ間に合う。急ぎ参るぞ、八森」

「合点だ、壮さん」

阿吽の呼吸で頷き合い、二人は部屋を後にする。

十蔵は急ぎながらも肩越しに、綾女へ笑顔を向けるのは忘れない。

壮平は素知らぬ顔で後に続き、そっと障子を閉めていった。


綾女はお徳に給仕をしてもらい、粥《かゆ》をお代わりした。

「これまでになされませ。食べ過ぎは赤子にも毒ですよ」

三杯目を止めたのは志津である。

「ご馳走様にございました」

綾女は逆らうことなく二人に礼を述べ、再び布団に横たわる。

病室代わりとなった由蔵の部屋は、存外に心地が良い。

隣の部屋を貸した江漢には、気安く頼めぬことだろう。

亡き源内の門下で十蔵の兄弟子だった江漢は、本宅とは別に借りた部屋で寝起きをするのみならず筆を執り、かつて手がけた作品が幾つも置かれているという。

高名な絵師である江漢の作品はことごとく高値で取引されるため、家主といえども勝手に出入りをするのは、綾女も憚りたいところである。

一方の由蔵は日頃から、この部屋に寝泊まりはしないらしい。

そもそも江漢と違って店賃など納めておらず、十蔵から無料で貸してもらった部屋に書き溜めた文書を置いているだけであった。

生糸《きいと》の産地として名高い上州《じょうしゅう》の藤岡《ふじおか》から江戸に出てきた由蔵は、今年で二十。いずれは筆一本で生きたいと志し、世間の諸相を日々綴っているが、今の立場は埼《さい》玉屋《たまや》という植木屋の奉公人だ。

十蔵が由蔵と知り合ったのは、義理の父親で八森家の先代当主の軍兵衛《ぐんべえ》がまだ存命だった頃。定廻の持ち場に含まれていた埼玉屋のあるじとは昵懇の間柄で、五十を過ぎて臨時廻となった後も出入りをしていたため、由蔵のことは十二で奉公した時から知っていたという。

まことに十蔵は面倒見が良い。

そうでなければ、由蔵も懐きはしなかっただろう。

綾女も同じである。

顔も体つきも厳めしい十蔵だが、その心は優しい。

相手の立場になることが、自然にできる。

なればこそ由蔵にも、的確な手助けをしてやれたのだ。

商家の奉公人は住み込みが基本であり、番頭になって所帯を持つまで通いの奉公は認められず、一年に二度の藪入《やぶい》り以外は外泊することも許されない。まして埼玉屋は御公儀の御用を務めているため、殊《こと》に奉公人の素行に厳しいという。寝起きするのは大部屋で、置ける私物は行李《こうり》一つがいいところだ。

由蔵が綴る市中の諸相の記録は増える一方で、迂闊に大部屋に置いていては年嵩《としかさ》の奉公人に見つかって、下手をすれば破り捨てられる。植木屋に奉公しているくせに鋏《はさみ》と筆では手にした時の真剣みが違いすぎる、とかねてより見咎められていたからだ。

もとより由蔵は植木職人として年季を重ねたいとは望んでいないが、勝手に奉公を辞めれば藤岡の親兄弟に知らせが行き、早々に連れ戻される。さすれば華のお江戸と縁が切れ、物書きとなる夢も諦めざるを得なくなる。

そんな由蔵の悩みを知るに及んだ十蔵は、江漢に貸した部屋より狭い一室を、文書の保管場所とすることを勧めてやったのだ。

店賃代わりに十蔵が求めたのは組屋敷の庭木の手入れと、身に危険が及ばぬ範囲で隠密廻の探索を手伝うこと。

埼玉屋のあるじは十蔵に寄せる信頼が篤く、由蔵が物書き志望であることにも理解を示していたため、この取引に異を唱えることはしなかった。

もちろん奉公人である以上、店の仕事が最優先だ。

庭木に多い常緑樹の剪定は夏が盛りとなる前に済ませるのが常であり、梅雨の間も職人が暇を持て余すことはない。由蔵が三度の飯より好きな書き物も、しばらくの間は控えざるを得ず、書き溜めたのを保管するために訪れることもないだろう。

その間は気兼ねなく、部屋を使わせてもらうとしよう――。

綾女の目がゆるゆると閉じられる。

三日ぶりの心地よき眠りであった。

第八章　抜刀鬼の覚悟

一

八森家を後にした壮平は志津を伴い、和田家の木戸門を潜《くぐ》った。

綾女の容態が落ち着いたのを見届けた上のことである。

「よろしゅうございましたねぇ、お前様」

後に続いて門を潜った志津が、ほっとした様子でつぶやく。

「うむ」

言葉少なに答える壮平も、母子が無事だったのに安堵していた。

お徳も安心して夜更けの道を引き揚げた。

ついに綾女が拒み続けた食事を摂り、満腹して眠りに就いたのは幸いであった。

いま少し絶食が続いた後であれば胃の腑が驚いて吐き戻す危険も大だが、あの様子ならば大事はあるまい。

三日前の夜の話を聞かれたことが綾女の変調を来《きた》した理由と察し、壮平も内心穏やかならざるものだったが、面に見せることはしない。

壮平は仮面を被ることに慣れている。

隠密廻同心としての七方出《しちほうで》に限ったことではない。

異人の子という素性を隠し、亡き工藤平助の密偵として渡った蝦夷地において知るに及んだオロシャと松前家の実態を世間に明かさずに生きてきた。

のみならず和田家の婿として、志津の良人としても、視えぬ仮面を被っている。

この仮面を脱ぐ日は来るのだろうか。

愛する妻に対して何も偽ることなく、本音で接することは叶うのだろうか――。

「何者だ？」

壮平は木戸門を潜ったところで歩みを止めた。

板戸が開かれた玄関の内に、ぽつんと明かりが灯されている。

淡い明かりの向こうには、大きな影が見て取れた。

「お帰りなさいやし」

壮平の誰何《すいか》に応じる声は、野太くも静かな響き。

手燭《てじょく》を掲げて和田夫婦を迎えたのは、六尺豊かな大男だった。

身の丈こそ南町奉行所で内与力を務める田村譲之助と同じぐらいだが、体の厚みはこちらが上だ。

手足も太く、力士に劣らぬほど筋骨隆々とした巨漢であった。

「おぬし、起きておったのか」

「へい」

壮平に問われて返したのは、ただの一言。

淡い明かりに浮かんだ顔にも愛想はなく、にこりともせずにいる。

そんな態度を前にしながら、壮平に気分を害した様子はない。

「雑作《ぞうさ》をかけた。次からは待つには及ばぬぞ」

労をねぎらう壮平に続き、志津も笑顔で男に告げた。

「すみませんね勘六《かんろく》さん、坊やのお世話で貴方もお疲れでしょうに……」

「いえ、左様なことは」

勘六と呼ばれた巨漢は志津の気遣いにも相好《そうごう》を崩さず、言葉少なに答えるばかり。

斯《か》くも無愛想ではあるものの、人相が悪いわけではない。

顔立ちはむしろ柔和で、黒目勝ちの小さな双眸《そうぼう》は優しげな光を湛《たた》えていた。月代《さかやき》をきちんと剃った頭は形よく、地肌には張りがある。まだ三十を過ぎたばかりと見受けられる、心身共に健《すこ》やかな印象であった。

「おぬしも早《はよ》う休むがよい」

「おやすみなさいまし」

壮平と志津は各々告げ置き、手燭の明かりに照らされた廊下を渡って奥に消えた。

二

勘六は重ねて頭を下げると、玄関の三和土に向き直った。

与力の組屋敷の玄関は駕籠を横付けすることのできる式台付きだが、同心の玄関は町家と同じで、構えも小さい。

名ばかりの玄関を塞がんばかりの巨軀を勘六はまめまめしく動かし、壮平と志津が脱いだ草履を片付ける。古くなった手ぬぐいで埃を払うのも忘れない。

その手の動きが精緻《せいち》なのは、先頃まで彫師《ほりし》として人気を博し、更に遡れば狩野《かのう》派の絵師の内弟子として、長らく修業を積んだが故だ。

この勘六が和田家に住み込んだのは、昨年の葉月の末。きっかけは同月の二十六日に北町奉行の名前で発せられた、彫物禁止の町触《まちぶれ》だった。

「…………」

勘六は草履の手入れをしながら、過去に思いを馳せていた。

外見に似合わず気の弱い勘六が彫師となったのは、師匠の一人娘で駆け落ちをして夫婦《めおと》になった、女房のおりんに焚き付けられたが故のことだ。

優れた才を父親に認められず、女であるが故に自分の名前で絵を世に出すことが叶わぬおりんは駆け落ちによって身許を隠し、彫物の下絵描きに筆を振るった。絵師として独自の作品は生み出せずとも針遣いが精緻だった勘六に下絵を託し、彫物として人気を博することにより、奪われた自尊心を取り戻そうとしたのである。

墨一色から多色となり、針の発達によって大きな絵柄も可能となった彫物は、駕籠かきに川並《かわなみ》、飛脚といった、肌を人目に晒すことを日常とする稼業の男たちの人気が高く、江戸っ子も好意的だったが、御公儀にとっては望ましくない。親から貰った体を進んで傷つける、不孝者の所業と見なされたからだ。

世間に知れれば、おりんの父親にも累《るい》が及ぶ。

御公儀御用達の絵師の一人という立場にも傷がつく。

故に勘六は彫師となることに気が進まず、手を染めた後も慎重に素性を隠していたのだが、おりんは露見《ろけん》を恐れなかった。

いやがる勘六を巻き込んで彫師稼業に手を染めたのは、父親への意趣返《いしゅがえ》し。

一人娘の才と立場を認めなかった度量の狭さを悔やみ、吠え面を掻くことに繋がるのであれば、我が身が破滅しても構うまい——。

おりんの歪んだ情熱の炎を、勘六は消すことができなかった。

愛するが故に逆らえず、絵を描くために磨いた技を彫物をするのに用い、筆を針に持ち替えたまま年月を重ねてきた。

そんな夫婦に目を付けて、飼い殺しにしてやろうと企んだのが、浅草の盛り場を縄張りとする香具師《やし》の親分。

町触によって彫師が罪に問われる立場となり、表立って稼業を営めなくなったのを幸いに勘六とおりんを虜にし、彫物をせずにはいられぬ客を密かに呼び込んで、稼ぎを独占しようと目論んだのだ。

悪しき親分の企みを十蔵と共に暴いた壮平は、自身の意志で彫師の足を洗った勘六を住み込みの小者《こもの》として召し抱え、おりんと共に組屋敷に迎えた。

この大恩に報いるべく、勘六は労を惜しまない。

あるじ夫婦の履物を片付け終えた勘六は、廊下に面した一室の障子を開く。

和田家の造りは隣の八森家と変わらない。

勘六が一家三人で起き伏ししているのは、十蔵が由蔵に貸しているのと同じ間取りの部屋だった。

並べて敷かれた布団は二組。

特大の一組は、勘六のものである。

いま一組の布団では、おりんが寝息を立てていた。

隣で腹を出したまま眠っているのは、一人息子の左右吉《そうきち》だ。

年が明けて六つになった少年は父親似。

改心するまで左右吉を顧みず、彫物の下絵を描きまくるばかりだったおりんも今は母親らしくなり、添い寝をするのも毎夜のことだ。

やはり左右吉は二人の間に授かった子に相違ない。

そう思えば、自ずと覇気《はき》も湧いてくる。

和田家に無償で住まわせてもらう代わりに勘六が担っているのは、壮平が北町奉行所で長年に亘って務める隠密廻の手伝いだ。

御用繁多で江戸を離れられない壮平に代わって上総国山辺郡の田中村に赴き、北町奉行所で刃傷沙汰を引き起こした金右衛門の生前について調べたのみならず、事件の発端となった幸右衛門らに密かに探りを入れたのも勘六だった。

壮平曰く、勘六は探索に向いているらしい。

並外れて大きな体に最初は相手も警戒するものの、勘六の人柄を知るに及べば態度は和らぎ、見た目に反した穏やかさにほだされて口が軽くなるという。その隙に付け入っての訊き込みも、朴訥《ぼくとつ》な勘六ならば怪しまれることもないそうだ。

とはいえ、右も左も分からぬ素人では話になるまい。

勘六に探索のいろはを教えてくれた仁五郎《にごろう》は、壮平と共に北町奉行所で定廻の御用を務める田山雷太《たやまらいた》が抱える小者だ。

当年取って五十九の仁五郎は御先手弓組《おさきてゆみぐみ》の同心を代々務めた田山家に、雷太の祖父から父と三代に亘って仕える忠義者だ。御先手組の加役である火付盗賊改《ひつけとうぞくあらため》の荒っぽいやり方に雷太が付いていけず、北町奉行所へ御役目替えされたのを見捨てることなく支える一方、新参者の勘六に密偵の先輩として手ほどきをする手間も厭わない。

同心が私的に抱える小者は挟み箱《はさみばこ》を担いで出仕に付き従うのも仕事らしいが、壮平からは隠密廻に供など無用、探索にのみ専心せよと日頃から言われている。

役に立つと見なせばこそ、重く用いてくれるのだ。

新たな仕事にやる気を見せていたのは、おりんも同じであった。

おりんは十蔵の懇意の葛飾北斎《かつしかほくさい》の下《もと》で絵筆を握ることとなり、通いの手伝いとして張り切っている。

北斎は偏屈《へんくつ》である一方、絵師としての腕さえ立てば、男女で差など付けはしない。嫁ぎ先から出戻った北斎の三女の応為《おうい》も口こそ悪いが裏表のない質で、おりんとは気が合うらしい。

おりんが充実した毎日を過ごせるのは、勘六にとっても喜ばしい。

後は左右吉が健やかに育つようにしてやることだ。

左右吉は昨年来、雷太の従妹《いとこ》の百香《ももか》が営む私塾に通っている。

習いごとは何であれ六つの年から始めるのが常であるが、雷太の組屋敷で間借りをして百香が開いた私塾は読み書きばかりか和算まで教えてもらえる、他の手習い塾とは一線を画した方針。

その塾頭である百香は、若いながらも考え方が柔軟だ。

まだ五つだった左右吉の入門を快諾《かいだく》し、幼くても分かる範囲から問題を出すことによって理解を深め、学ぶことへの関心を持たせてくれた。

百香の私塾には左右吉が仲良しになった新太と太郎吉、おみよの三人きょうだいも通っている。昨年の卯月に江戸で猛威を振るった流行《はや》り風邪で両親を亡くしたきょうだいは、深川《ふかがわ》で指折りの分限者の銚子屋《ちょうしや》門左衛門《もんざえもん》が南町奉行から借り受けた、空きの組屋敷で暮らしていた。

世話をするのは若様と呼ばれる、門左衛門が屋敷の留守番を任せた青年。

若様とは昵懇であるという、貧乏御家人の部屋住みの若い二人も加わって、子どもたちの面倒を見ていた。

壮平曰く、若様と部屋住みの二人は南町奉行所の探索御用を手伝っているらしい。南北二つの奉行所には手柄を取り合う一面もあるようだが、それは勘六が関わるに及ばぬことだ。

三人きょうだいの健やかな育ちぶりから察するに、若様は悪人とは違う。

来し方を忘れてしまっていても、人柄は極めて善良。疑念を抱く余地もなかった。

それよりも、いま気に掛けるべきは左右吉の寝相の悪さだ。

梅雨寒と言うほどではないが、夜更けの部屋は今宵も涼しい。

いつまでも腹を出させていては、風邪をひくのを避けられまい。

「…………」

勘六は太い腕を伸ばし、左右吉の乱れた寝間着を直す。

満ち足りた笑顔で眠るおりんを起こさぬように、気を付けながらのことであった。

三

着替えを済ませた壮平は志津と二人、寝酒の杯を傾けていた。

「お前様、どうぞ」

「うむ」

老妻の酌《しゃく》を受け、くいと杯を干す。

「いま少し、おぬしも付き合え」

「頂戴いたしまする」

壮平が差し出すのを拒むことなく、志津は半分ほど注がれた酒杯に口を付けた。

それを見届けた壮平は、膳の小皿に箸を伸ばした。

酒に燗を付けながら志津が用意してくれた一品は、空豆《そらまめ》の炭火焼き。

火鉢に掛けた金網に莢《さや》のままで載せ、焦げ目がつくまで火を通したものだ。

添えてあるのは粗塩《あらじお》のみ。

焼き豆を平らげた後は、この塩だけでも酒は進む。

十蔵と共に厳しい探索御用を終え、疲れ切って帰宅した時にも欠かせぬ一品だ。

若い頃は豆だけでは物足りず、夜更けにもかかわらず干物を炙《あぶ》らせたり、小鍋立てを用意させたりしたものだったが――。

「お前様、ご返杯を」

いつの間にか、一滴も残さずに干していた。

頼もしいことである。

志津の差し出す杯を受け、ふっと壮平は微笑んだ。

「まぁ」

珍しいものでも見たかのように、志津は目を丸くした。

のみならず、頬を赤らめている。

九つ下の妻は老いても可憐な素振りであった。

かつて十蔵を婿に迎えた七重《ななえ》は生前、とりわけ若い頃には美人と称賛するにふさわしい顔立ちをしていたが、志津は専ら可愛いと褒められた口である。

お愛想ではなく本心から褒めちぎり、婿入りを望んで売り込む男も多かった。

志津との縁談が整ってから祝言を挙げるまでに壮平が売られた喧嘩は、二度や三度では済まなかったものだ。

その頃の可憐さを老いてなお、こうして垣間見せる志津は愛らしい。

左様なことを考えたのをおくびにも出さず、壮平は問いかけた。

「何としたのだ、おぬし？」

「い、いいえ、別に」

言い淀む口調も可愛いらしい。

「隠さずに申してみよ」

壮平は重ねて問いかける。

「それは、その……」

志津は恥ずかしそうに俯いた。

斯様《かよう》な時には急かさぬことが肝要だ。

壮平は黙して答えを待つ。

しばし迷った後、志津は観念したかのように顔を上げた。

「……お若き頃のような笑い方をなされました」

「若い頃の？」

「はい」

「いつからだ」

「当家にお迎えして早々からにございました」

「まことか」

「偽りならば赤うなりはいたしませぬ」

口を尖《とが》らせる志津の頰は、夜目にも分かるほど赤みを帯びている。

「そうか、私は左様に笑っておったのか……」

言われてみれば、そうかもしれない。

壮平は和田家に婿入りするまで、家族というものを知らずにいた。

生まれて初めて家族を知った喜びが、意識せずして表情に出ていたのだ。

無理もないことだろう。

壮平の前半生は常に孤独の内だった。

長崎の丸山遊郭での暮らしは、自分と同じ「阿蘭陀行き」で生まれた少年少女と常に一緒だったが母親とは引き離され、死に目にしか会わせてもらえずじまい。もとより世間の風当たりは強く、安堵して過ごせる日など有りはしなかった。

江戸に下って寄食した築地の梁山泊こと工藤家での扱いは内弟子、あるいは書生に類するもので、師の平助の子どもたちとは親しく接しながらも、分をわきまえることを求められたのである。

無一文で入門を許された身に、文句を言う資格はあるまい。

されど亡き師は壮平にとって、最期まで尊敬に値する人物ではなかった。千客万来で身分の別なく交誼《こうぎ》を結び、伊達の家中で「平助料理」と称された料理の腕まで振るった平助も貧すれば鈍するの譬えに違わず、壮平が破門される間際の有様は見るに堪えなかった。

強力な後ろ盾だった田沼主殿頭意次の失脚で平助が弱気になり、長女のあや子に望まぬ縁談を強《し》いるようになっても弟子に過ぎない壮平には止められず、あや子がやむなく嫁いだ相手――上野《こうずけ》伊勢崎《いせさき》二万石の酒井《さかい》家で微々たる禄を食み、残る寿命はせいぜい五年とうそぶく、老いた藩士の醜悪な言動に耐えかねて出戻ったのを、表立って慰めることもできかねた。

平助から捨てられて早々に和田家の先代の斗馬《とうま》に声をかけられ、過去を思い出す暇もないほど多忙な町奉行所勤めを始めていなければ、どうなっていたことか。

あの頃の壮平は三十を過ぎたばかりの、未だ血気盛んな年だった。

工藤家のために身命《しんめい》を賭《と》して負った二つの鉄砲傷はあれど、抜刀鬼と恐れられた剣の腕は今より脂がのっていた頃だけに、食うに困れば博徒《ばくと》の用心棒、更には人斬り稼業にあっさり堕ちていたかもしれない。

生きながら修羅《しゅら》とならずに済んだのは和田家の先代である義理の父、そして志津のおかげに他ならない。

それは喜ばしい反面、甚《はなは》だ心苦しいことでもあった。

四

燗酒《かんざけ》の徳利《とっくり》が空になった。

焼き空豆も夫婦で仲良く、分け合った後である。

志津が膳を片付けている間に、壮平は夜具を調える。

三十俵二人扶持の同心の家に女中を雇う余裕など有りはしない。お徳の如く飯炊きの域を超え、世話を焼きたがる奇特者《きとくもの》など滅多に居まい。

壮平は慣れた手付きで二組の布団を敷き伸べた。

部屋に蚊《か》が入り込んだ様子はない。梅雨明けまで蚊帳《かや》を吊るには及ばず、蚊やりの松葉を燻《いぶ》さねばならぬほどでもなかった。

常夜の瓦灯《がとう》にだけ火を入れたところに、志津が台所から戻って来た。

壮平と同様に寝間着姿だったため、床に入るのに装いを改めるには及ばない。

もとより同衾《どうきん》するわけではなかったが、すぐに眠りに落ちるわけでもない。

「……ちと話さぬか、志津」

並んで横になって早々に壮平が話しかけたのは、積年の後ろめたさもあってのことだった。

「何となされましたのか、お前様」

「おぬし、子を授かれなんだことを何と思うのだ」

「お前様？」

「子をなせぬ婿は嫁と同様、婚家を追われても文句は申せぬのが世の習いぞ。今となっては後の祭りであろうがの」

自嘲《じちょう》交じりにつぶやいたとたん、志津の顔が険《けわ》しくなった。

「左様なこと、仰せにならないでくださいまし！」

上体を起こすなり、語気も鋭く言い放つ。

「されど、このままでは和田の家名は……」

「まだ十分に間に合いまする」

良人の言葉を志津は遮った。

もはや声を荒らげず、穏やかに語りかけてくる。

「お前様は、十蔵様より一つ下でございましょ」

怒りの響きをひとまず抑え、努めて明るく問うている。

「さ、左様」

「されば十分間に合いまする」

「何に間に合うと申すのだ?」

「子作りにございます」

「子作りとな」

「はい」

戸惑いながらも答えた壮平に、志津は更に信じ難いことを告げてきた。

「お前様のお目に適うた、若いおなごを当家にお迎えなされませ」

「……おぬし、正気か」

今度は壮平が怒る番だった。

しかし、志津に怯《ひる》んだ様子はない。

「もとより左様にございまする」

「馬鹿を申すな。正気の沙汰ではあるまいぞ」

壮平は本気で怒っていた。

床に就いたらしい勘六一家を起こすまいと声を荒らげるのは堪えたものの、志津に向けた視線は険しい。

それでも志津は怯まない。

無言で見やる壮平と目を合わせ、臆することなく口を開いた。

「私とて叶うことならば、この身に子を宿しとうございました」

「志津……」

「申し上げるまでもなく、お前様のお子に限ってのことでございまする」

「……左様か」

浮気を疑う間も与えぬ口上《こうじょう》に、壮平は言い返せない。

むしろ後ろめたいのは壮平だ。

和田家に入って三十余年、志津との間に子を授からなかったのは偶然ではない。

医者として知り得た限りの知識を実践し、わざと子を作るのを避けてきたのだ。

壮平が師事した工藤平助は西洋医学の知識と技術を併せ持ち、名医としての評判は代々仕えた伊達の家中だけに留まらなかったものである。

その平助の内弟子として側近くで働いた壮平は、自ずと知識を蓄えた。

子どもを授かりやすい時期についても複数の実例を照らし合わせ、月のものとなる周期は人によって差があれど、前後のどの日の確率が高いのか、あるいは低いのかを割り出して、志津との夜の営みに適用したのだ。

この時代に隔世遺伝《かくせいいでん》という概念は未だ存在しないが、親ではなく祖父母に似た孫が時として誕生することは、理論ではなく経験として知られていた。

壮平の場合、父親はもとより祖父も阿蘭陀国のカピタンだ。自身は髪も目も母親に似たために異国の血を引いていると傍目《はため》には分からぬが、子の代には金髪碧眼となるかもしれない。

志津は何も知らぬのだ。

壮平に異人の血が混じっていると承知であれば、子作りなど勧めまい。

そもそも婿に迎えること自体が、あり得なかったはずである。

壮平の義理の父親となった和田家の先代は探索の手練でありながら、花婿の過去を調べ尽くすに至らなかったのであろう。

亡き平助の門下には、壮平の他にも遠国《おんごく》から来た弟子が居た。

名声を慕い、無一文で門戸《もんこ》を叩いたのも同じだった。

同様に諸国から馳せ参じた者が多かった故、壮平だけが不審に思われなかったとも考えられよう。

それにしても解せぬのは、志津が斯様な話を始めたことだ。

内容もさることながら、話を切り出した動機が分からない。

和田の家名を存続するのは、養子を取れば事は済む。

功成り名を遂げた商人のぼんくら息子に高値で売り払うのではなく、代々の御役目を務めさせるに値する若人《わこうど》を見出せば、先祖に恥じることもあるまい——。

「お前様、養子縁組は最後に為すべきことにございまする」

壮平の考えを読んだかの如く、志津が言った。

「私が望むは和田壮平……お前様の血筋に当家を託すこと。母親が誰であれ、我が子として育て上げる所存にございます」

「何故の存念《ぞんねん》か、はきと聞かせよ」

「七重との約束にございます」

直截に問う壮平に、志津は思わぬ名前を持ち出した。

「七重殿とな」

壮平は戸惑いながらも真摯な面持ち。

和田の家付き娘である志津は、十蔵を婿に迎えた八森家の七重とは幼馴染み。共にきょうだいに恵まれなかったこともあり、姉妹の如く育ったという。

その七重との約束と言われては、傾聴《けいちょう》せぬわけにはいかない。

「七重は身罷《みまか》る前の年、私に申しました。良人に先立つこととなったらば、後添いを迎えることを妬《ねた》むまい。生きて齢を重ねし後も授からなんだ時は、他のおなごを頼るを是《ぜ》としたい、と」

「借り腹ということか」

「それはおなごに対する侮辱《ぶじょく》にございます」

壮平が不用意に発した一言を、志津はぴしゃりと否定した。

「綾女殿を八森のお家に初めて通せし折、七重の位牌が突如として倒れたと十蔵様が申されたそうでございますね」

「う、うむ」

「その後は、何事もなかったのでございましょ?」

「さ、左様に聞いておる」

「一度きりで済んだのならば、可愛いものでございますよ」

志津は明るい口調で言った。

「私も生死にかかわらず、一度は妬心を露わにするやもしれませぬ。されど、そこから先は親身に見守り、お子が生まれるのを心して待ちたいと存じます」

「どうあっても、左様に致せと命ずる所存か」

「命ずるなどとは滅相《めっそう》も無い。切に願い上げるだけでございまする」

口調は明るいものの、圧《あつ》が強い。

若い頃から可憐ながら派手さと無縁の志津だが、小太刀の術は亡き七重に次ぐ域に達するほどだったという。

壮平の抜刀術は人を斬るだけだが、志津の小太刀は武芸。

有事に備えた実技であると同時に、道徳として学ぶもの。

若様が清水徳川の若殿に指南しているという拳法も、恐らくは同じだろう。

泰平の世の武芸は可能な限り人を殺さず、活かすために存在する。

それを学び修めた妻が意識せずして放つ気迫は、斬るだけのための剣しか知らない壮平にとっては眩《まぶ》しく、逆らい難い。

しばしの間を置き、壮平は言った。

「……おぬしの存念、覚えおこうぞ」

「まことにございまするか?」

「一命を賭さねば担えぬ御役目なれば、しかと約すことはできぬ。それで構わぬな」

「お胸の内でほんの少し、お心得おきいただくだけでも幸いにございまする」

志津の顔には満面の笑み。

「左様か……」

言葉少なに答えると、壮平は布団に仰臥《ぎょうが》した。

志津も口を閉ざし、夜着の下に身を隠す。

程なく聞こえ始めた寝息を耳にしながら、壮平は天井を見上げた。

夜が明ければ常の如く、十蔵と共に出仕する。

登城前の正道と面会し、報告に及ぶのも毎度の如しだ。

だが、明朝の報告はいつもと違う。

二年前の北町奉行所における刃傷沙汰は中野播磨守清茂が仕込んだことに相違ないと正道に納得させ、上《うえ》つ方《かた》を動かしてもらわねばならない。

生半可《なまはんか》なことではない。

正道が納得し、南町奉行の鎮衛も得心してくれたとしても、その上のお歴々が同意を示さなければ、清茂を罪に問うには至らない。

この時代、犯罪に時効は存在しなかった。

まして二年前の一件では、複数の者が死傷させられている。

それが仕組まれたことであったと露見すれば、清茂も無事では済むまい。

将軍の御気に入りであるが故、ひとたび悪事を暴かれた時の失望も大きいはず。

家斉さえ清茂を見限れば、自裁させることも無理ではあるまい――。

五

一夜が明け、今日は皐月の二十四日。

梅雨には珍しく、夜明けから日が差していた。

久方ぶりに拝んだ朝日の下で、十蔵は目を細める。

八森家には出直してきたお徳に加え、いま一人の女人が訪れていた。

「旦那、こっちは閉めたまんまでよろしいんですね」

来るなり朝餉の支度にかかりきりのお徳に代わって雨戸を開けてくれたのは、艶っぽい中年増《ちゅうどしま》。

八森家に出入りをしている、廻り髪結いのお波《なみ》である。

「それでいいよ。朝っぱらから手数をかけちまってすまねぇなぁ」

房楊枝《ふさようじ》を片手に礼を述べる十蔵は、寝間着代わりの浴衣姿。

庭の井戸端で顔を洗い、歯を磨き終えたところだった。

手桶に満たした水を手のひらで掬《すく》い、口をゆすぐ。

土中の管を通って個々の家屋敷の井戸にもたらされる上水は、地の底から湧いた水ではなくても程よく冷たい。

雨の日の洗顔は甕《かめ》に汲み置きの水で済ませる十蔵だが、今朝のように眠りの浅い目を覚ますには汲みたてが一番だ。

私室に戻った十蔵は顔を拭いた手ぬぐいを乾し、房楊枝と磨き砂を片付ける。

お波は入れ替わりに井戸端に立って水を汲み、備え付けの手桶を満たす。

「流石は両国《りょうごく》の華だな。相も変わらず大《て》した女《え》っぷりだぜ」

十蔵が思わずつぶやいたのも無理はない。

お波は肉置き豊かな女人であった。

単衣の着物越しに見て取れる、豊満な体の線が悩ましい。夜明けの澄みきった空気を乱して余りある、目のやり場に困るほどの色香を漂わせて止まずにいた。

お波は釣瓶を元に戻し、水を満たした手桶を抱え上げた。

「お待たせしましたねぇ、旦那」

十蔵に呼びかけつつ、お波は手桶を縁側に置いた。

「ああ、頼むぜ」

答える十蔵は、すでに縁側に膝を揃えていた。

傍らには、引き出しの付いた道具箱。

鬢盥《びんだらい》と呼ばれる、髪結い用の道具箱だ。

上部に取っ手が付いており、片手で提げて持ち歩くことができる。

引き出しの中には櫛《くし》に鋏、剃刀に毛受け、小さな瓶《びん》入りの鬢付け油に元結《もとゆい》といった髪結い道具一式が収められている。

「お願いしますね」

お波が差し出す毛受けの板を手に取って、十蔵は神妙に目を閉じた。

しょりしょり。

しょりしょり。

お波は慣れた手付きで月代の伸びた毛と、頰と顎の髭を剃り落とす。手桶に汲んだ水に剃刀を潜らせ、剃られた毛がまとわりつくのを洗い流しながらのことである。

月代から剃り落とされた毛は十蔵の額を伝い落ち、下の毛受けに溜まっていく。

お波は剃刀を収めると、十蔵に持たせた毛受けを回収した。

水を汲むと同時に用意しておいたおしぼりで十蔵の顔を拭き、頰と顎に残った毛の欠片《かけら》も余さず拭き取る。

さっぱりと剃り終えた後の仕上げは、髪の結い直しである。

お波は鋏を手に取って、十蔵の白髪《しらが》を束ねた元結をぱちんと断つ。

ばらけた髪を櫛で梳《す》く手付きは、力強くも滑《なめ》らかであった。

鬢付け油は髪を結うたびに洗い落とすことはせず、一週間から十日は付けたままにしておくのが常である。

洗う手間を省いても、髪を結い直すのは楽ではない。

耐え難いのは客も同じである。

「よろしいですか、旦那」

お波が髪を梳きながら問うてきた。

「遠慮は要らねぇ。いつもよりきつくっても構わんぜ」

念を押すのに、迷わず答える。

「いつもより、ですか？」

「ゆんべはちょいと眠りが浅かったんでな、目覚ましによかろうぜ」

「それはそれは、若いお内儀様とお楽しみで？」

「じじいをからかうもんじゃねぇよ。さぁ、とっととやってくんな」

お波の軽口を一笑に付し、再び十蔵は目を閉じる。

「承知しました」

お波は息を調えた。

櫛を置き、両の手を白髪に掛ける。

「はいっ」

気合いと共に引っ張られ、十蔵の目が吊り上がる。

鬢付け油でまとまりを持たせても、束ねた髪に緩みが生じては元も子もない。

故に目が吊り上がるほど引っ張るのだが、これがなかなかにきつい。

おかげで目が覚めたのは幸いであったが――。

「お疲れですね、旦那」

結い直しを終えたお波が告げてきた。

「肩も触ってねぇのに、分かるのかい」

「お髪を触れば分かりますよ」

お波は悪戯っぽく微笑んだ。

何げない動きの一つ一つが絵になるのは衆目《しゅうもく》を集め、気分を高揚させることを生業《なりわい》としていたが故だろう。

かつてお波は女軽業《おんなかるわざ》一座の太夫《たゆう》として、両国広小路《ひろこうじ》で評判を取った人気者だ。

座頭《ざがしら》を兼ねたお波は女ばかりの一座を能く束ね、その人気に目を付けた地回りどもに言い寄られても寄せ付けず、気丈に世間を渡ってきた。

その気丈さは、手塩に掛けて育てた妹分に一座を任せた後も変わらない。

髪を結いながら色も売っていると思い込んだ男の客が不埒《ふらち》に及べば、容赦《ようしゃ》なく肘鉄《ひじてつ》を喰らわせる。

髪を結うことを生業とするのは、公には男にしか認められていなかった。髪結床《どこ》と呼ばれる常設の店を構えることが許されるのも、男の髪結いだけである。

にもかかわらず女の髪結いが存在するのは、いい稼ぎになるからだ。

自前の店を持てぬのならば、客の家屋敷を訪ねて仕事をすれば良い。

髪を結う道具一式さえあれば日銭を稼ぐことができ、月々の店賃の払いに追われる苦労もない。

髪を結うのと風呂に入るのを日課とするのは一人前になった男の嗜《たしな》みだが、町奉行所勤めの与力と同心、とりわけ廻方の同心が日髪日剃《ひがみひぞり》を習いとしたのは市中の民と日々接する御役目の上で身だしなみを重んじたのに加えて、自前の店を持てない廻り髪結いに対する配慮でもあった。

不埒な考えを抱く与力や同心も居るのだろう。

女湯に入れる特権を行使したがる与力は尚のことだ。

しかし、十蔵にもとより邪念《じゃねん》はない。

昨夜は綾女に付き添ったまま、仮眠を取った。

梅雨の夜更けは存外に冷えるため夜着を被りはしたものの布団を敷かず、畳の上に横になっただけでは是非も無いが、浅くても眠りが取れたのは幸いだった。

今日は壮平と共に正道と会い、清茂の旧悪を糾《ただ》すことを上申する。

そして正道には南町の鎮衛と共に、更に上へと話を繋いでもらうのだ——。

六

十蔵が壮平と顔を合わせたのは木戸門を潜り、表の通りに出て早々のことだった。

偶然に鉢合わせるはずもない。わざわざ待っていてくれたのだろう。

「よぉ、壮さん」

「うむ」

明るく告げた十蔵に、壮平は言葉少なに頷いた。

どことなく顔色が冴えなかった。

十蔵と同様に寝不足なのだ。

しかし、お互いに指摘し合うことはない。

いつもと変わらず足並みを揃え、呉服橋《ごふくばし》の御門へ向かって進みゆく。

大事を前にしていても、礼を欠くわけにはいかない。親しき仲にも礼儀あり、だ。

「ゆんべは世話になったな。かっちけねぇ」

「礼を申すには及ばぬぞ」

さりげなく礼を述べた十蔵に返す口調は素っ気なかった。

「この恩は、必ず返すぜ」

「いや……返さねばならぬのは私のほうだ」

重ねて述べた十蔵に、今度は何故か歯切れが悪い。

「はは、当てにしねぇで待ってるよ」

深い意味はあるまいと、十蔵は微笑交じりに答えたのみ。

その真意を知るに至ったのは二人揃って北町奉行所に到着し、同心部屋に立ち寄る暇も惜しんで、役宅の奥へ向かった後のことだった。

第九章　危うし播磨守《はりまのかみ》

一

正道は役宅の奥の私室で召し替えをしている最中だった。

「お早うございやす、お奉行」

「朝からご無礼をつかまつり申す」

「おお、おぬしたちか」

立ったままで答える正道は夏物の帷子に角帯を締め、長袴を穿いたところだ。役宅にて共に暮らす奥方ばかりか腰元たちの手も借りず、独りで装いを改めていた。

「ちょうど良かった。ちと手伝え」

敷居を越えた二人が障子を閉めるなり、正道は思わぬことを言い出した。

重陽の節句で秋の衣替えをするまで足袋は御城中でも略すのが決まりのため、素足のままで立っている。

着替えを終えるのが、いつもと比べて優に半刻――約一時間は早かった。

十蔵と壮平が常より早く顔を見せると察したが故のことならば以心伝心《いしんでんしん》と言うべきだろうが、そういうわけではなさそうだ。

「どうしなすったんですお奉行。子どもでもあるめぇに」

「幼子には非ざる故、斯様に難儀をしておるのじゃ」

ぼやきながら正道が示したのは肩衣だった。

同じ生地で仕立てた袴と共に着用すれば裃、異なる生地ならば継裃《つぎがみしも》と呼ばれる礼装になる肩衣は、文字どおり両の肩を覆う衣装。その肩の部分に張りを持たせるために仕込まれた鯨《くじら》の髭が、少々ずれているらしい。

「あっしらがたまに着る継裃たぁ違って、ものがよろしいはずなんですがねぇ」

「口より手を動かさぬか。和田を見習え」

ぼやきが先に立つ十蔵をよそに、壮平はまめまめしい。

「たしかに据《す》わりが悪うございまするな、お奉行」

「さもあろう」

手つきも慎重に張りの具合を確かめる壮平に、正道は笑顔で告げる。

「据わりも何も、手熨斗をしてやりゃいいんじゃねぇのかい？」

「気を付けよ八森。下手に撓《たわ》まば表地まで突き出るやもしれぬ」

「そんな大袈裟《おおげさ》な」

「あり得ることぞ。鯨の髭と申さば、異国では鳴り物の撥《ばち》に用いられておるそうだ」

「あんなもんでどうやって弾くんだい？」

「次の江戸参府の折にでも長崎屋に足を運んでみることだ。私も直に目にした覚えはないが、出島の阿蘭陀商館で無聊の慰めにしばしば鳴らしておったものぞ……」

遠い目でつぶやきながらも、壮平は手を休めない。

手伝おうとする十蔵を押しとどめ、まずは左、続いて右と、鯨の髭の曲がりを丹念に矯正していく。

「和田が申せし鳴り物とは、提琴《ていきん》なるものであろう」

器用な手付きを感心して眺めつつ、正道が口を開いた。

「流石に千代田の御城中にまで持ち込むことは御法度なれば、カピタンとお付きの者たちが上様の御所望により芸事を御披露つかまつる際にも、道具の要らぬ所作事《しょさごと》しかできないそうだ」

「芸事って、何をするんですかい」

「身共も直に見聞したわけではないがの、その昔にカピタン付きのケンペルなる医師は常憲院《じょうけんいん》様と二度にも亘りて御目見《おめみえ》が叶い、いずれの折にも自作の歌を御披露奉ったそうだ」

「へぇ、異国の歌を」

「身共が仄聞した話によらば、歌うたのではなく吟《ぎん》じたと申すべきであろうがの……常憲院様は殊《こと》の外《ほか》に御気に召され、ケンペルにのみ御膳を賜られたらしい」

「そいつぁ大した誉れでございやすね。芸は身を助くってのは、日の本だけに限ったことじゃねぇらしいや」

「まさに格別の思し召しぞ。カピタン以下の者たちは俄《にわか》じみた猿芝居しかできなんだとの由《よし》なれば、尚のこと目立ったのであろうがのう」

感心しきりの十蔵に、正道は苦笑交じりに告げた。

そんな二人のやり取りに、壮平は口を挟もうとはしなかった。

壮平の父親と祖父がカピタンであることを十蔵と正道は知っている。

正道が林肥後守忠英との黒い繋がりを断つ契機《けいき》となった事件に際し、壮平から明かしたことである。

もとより悔いはなかったが、二人の話には少なからず失望していた。

十蔵と正道は異国人に歩み寄る姿勢を持っている。

夷狄《いてき》呼ばわりをすることはなく、カピタンの血を引く壮平に対しても、偏見を露わにすることはない。

そんな二人でさえ、異国に関する理解は浅い。

長崎で生まれ育った壮平は知っている。

阿蘭陀人と総称される者たちは、全員が同じ国から来たわけではない。

正道が話題に出したエンゲルベルト・ケンペルは常憲院こと五代綱吉《つなよし》の世も後半に至った頃、カピタン一行の江戸参府に二年続けて同行する機会を得た人物だ。

長崎に渡航した異国人は一様に阿蘭陀人と称されたが、ケンペルの国籍は後の世で言えばドイツにあたる。

黒髪ならば南蛮人《なんばんじん》、金髪ならば紅毛人《こうもうじん》と大まかにしか区別がつかぬ多くの日の本の人々にそこまで分かるはずもなかったが、綱吉は他の者と違うと見なし、厚く遇した節があったという。専門の医学の知識と調薬の技術を出し惜しむことのない、医者としての矜持《きょうじ》を示した態度も好ましかったのだろう。

異国人にも見るべき点のある者は居る。

ケンペルのように正規の阿蘭陀商館員に非ざる学究《がっきゅう》の徒に限らず、長崎貿易を独占するために耶蘇《やそ》の教えを棄てた振りをして幕府の信用を取り付ける代々のカピタンの中にも、敬意を払うに値する人物は居たはずだ。

だが、それを見極める目を今の将軍は持っているのか。

壮平に確かめる術《すべ》はない。

三十俵二人扶持の町方同心は御目見以下の御家人格。

ただの御家人より格が下であるばかりか、捕物と処刑に関わる御役目故に不浄役《ふじょう》人と蔑《さげす》まれる立場だ。

将軍の御駕籠先でもお構いなしと定められた御成先御免の着流しも、何ら誇るには値すまい。取るに足らない軽輩の装束など、どうでもよいというだけだ。

壮平は無言のままで手を動かす。

肩衣に仕込まれた鯨の髭の調整は、いつの間にか終わっていた。

「お奉行」

壮平は広げた肩衣を正道に着せかけた。

「かたじけない」

正道は礼を述べ、肩衣の左右の裾を袴の内に収めた。

「お奉行、次は奥方様にお申しつけなせえやし」

「黙りおれ」

真面目な顔でからかう十蔵に、正道は憮然と告げる。

南町奉行の鎮衛は喜寿《きじゅ》を目前にしながら夫婦仲が睦まじく、糟糠《そうこう》の妻のたかは登城前と下城後の召し替えを欠かさず手伝っているという。

対する永田家の夫婦仲は、根岸家ほど良好ではないらしい。

二

召し替えを終えた正道は、部屋の上座に膝を揃えた。

十蔵と壮平は下座に並び、揃って正道に頭を下げた。

口火を切ったのは十蔵だ。

「お奉行、今日はきな臭《くせ》え話をさせていただきやす」

「おぬし、藪から棒に剣呑《けんのん》なことを申すの」

「藪から棒じゃありやせん。二年も前の話でさ」

「続けよ」

正道は表情を引き締めた。

昨年の卯月二十五日に北町奉行として着任した当初はたるんでいた両の頬も、今はすっきりと締まっている。

その当時は肥満が著《いちじる》しかった体つきも引き締まり、贅肉《ぜいにく》が目に見えて減っていた。

正道が努力によって引き締めたのは、だらしなかった外見だけではなかった。

「されば申し上げまする」

十蔵に代わって口を開いたのは壮平だ。

「申せ」

正道は背筋を伸ばして視線を返す。

御役目に伴う特権を私《わたくし》し、贈られた賄賂の多寡《たか》で相手の扱いを変える、汚職の権《ごん》化《げ》だった永田備後守正道はもう居ない。

北町奉行となって二年目を迎えた正道は、町奉行の大先達である南町の根岸肥前守鎮衛に遅れまいと足並みを揃え、御役目一筋に励んでいた。

「二年前と八森が申せしは、庚午《かのえうま》の年に出来せし刃傷沙汰のことにございまする」

「やはり、左様か」

「お察しにございましたのか」

「身共も北の奉行の職を奉ぜし身なれば、その儀を他人事《ひとごと》とは思うておらぬ。土佐守殿の晩節を汚せしことと思わば、蒸し返すに遠慮は無用ぞ」

正道が敬意を払う相手は、南町奉行となって十四年目に入った鎮衛だけではない。一昨年に北町奉行所を襲った刃傷沙汰で世間の非難を受け、心労を募らせた末の病に果てた小田切土佐守直年のことも、疎かにしてはいなかった。

「流石はお奉行、話が早《はえ》えや」

正道の態度を目の当たりにして、意気が上がったのは十蔵だ。

「急くでない、八森」

すかさず壮平は釘を刺した。

「我らが見立てをお奉行に申し上げ、ご得心いただくのが先ぞ」

「分かってらぁな。任せたぜ、壮さん」

「心得た」

力強く頷いた壮平は、再び正道に視線を向けた。

「お奉行におかれましてはご吟味の程、謹んでお願い申し上げまする――」

壮平が話を終えた時、正道は大きく身を乗り出していた。

配下の同心の見解を、それほどまでに傾聴せずにはいられなかったのだ。

「……播磨守めはその悪しき術を以て、善良なる百姓代を刺客に仕立ておったということか」

「畏れながら、金右衛門は善良であったとは限りませぬぞ」

「どういうことじゃ、和田」

「中野播磨守が弄《ろう》せし言霊の術は、相手が心の内に潜みし欲や願いを掻き立てて倍増させ、思いもよらぬ所業を引き起こさせるものにございまする」

「されば、金右衛門めは」

「我ら町方、と申すよりも武家に対し、反感を抱いておったに相違ござらぬ」

「折あらば打物を取りて、辺り構わず暴れる所存であったと申すのか？」

「左様なことを一度ならず考えたが故、播磨守に付け込まれたのです」

「真面目一方であったとの由なれど、人は見かけによらぬか……」

正道は溜め息交じりにつぶやくと、改めて壮平に問いかけた。

「おぬしらの見立てを身共は伊豆守様に申し上げ、ご得心いただかばよいのだな」

「さすれば重畳と存じ上げまするが、いま一人、お味方が欲しゅうございまする」

「摂津守様……伊達様が一族にして、若年寄で切っての古株か」

「左様にございまする」

「よくぞ目を付けたの」

「前の松平越中守様……楽翁侯の教えを受けられしご両名が手に手を取らば、如何に上様が一の御気に入りと申せど言い逃れは叶いますまい」

それは壮平が十蔵と思案を重ね、導き出した答えであった。

正道が言う「伊豆守」は老中首座の松平伊豆守信明の、続いて挙げた「摂津守」は若年寄の堀田摂津守正敦のことである。

信明と正敦は、楽翁こと松平越中守定信が老中首座として幕政改革を断行した当時に薫陶《くんとう》を受けた身だ。

未だ現役で幕閣に留まる二人は、反対派から「寛政の遺老《いろう》」と誹りを受けながらも定信の政策を継承している。

とはいえ相手が将軍の一の御気に入りとあっては、手ぶらで挑むのは分が悪い。

そこで壮平は用意した。

仇敵の中野播磨守清茂が認めざるを得ない、生き証人を連れてきたのだ。

「どうした和田、思い詰めた顔をして」
「お奉行に謹んで申し上げまする」

「構わぬ。何なりと申せ」

「伊豆守様と摂津守様が播磨守めと対決に及ばれし折に、畏れながら私を生き証人として、ご同道いただきとう存じまする」

「おぬしを生き証人に……だと⁉」

啞然とさせられたのは正道だけではなかった。

「どういうこった、壮さんっ」

声を荒らげる十蔵にとっても、それは寝耳に水だった。

「騒ぐでないぞ八森。お奉行も落ち着いてくだされ」

壮平は毅然とした面持ちで二人を見返す。

「去る師走の大つごもりに、所も同じ一室で我らが相まみえしことをゆめゆめお忘れではございますまい」

「和田……」

「壮さん……」

「あの折に私がお奉行に刃を向け申したのは、存じ寄りの者たちを人質に取られたが故にござった」

「もとより忘れはいたさぬが、あれは事情があってのこと。水に流せと幾度も申したはずぞ？」

「そのことなら無事に落着しただろうが。若様たちの助《すけ》っ人《と》でよ」

「左様……おかげさまにて丸う収まり申した」

口々に言い募る二人に謝意を述べ、壮平は微笑んだ。

「したが、有りのままでは播磨守を追い込むことができ申さぬ」

と、端整な細面が引き締まった。

眼光鋭く二人を見返し、宥める言葉を封じ込める。

「何とする気じゃ、和田？」

正道が恐る恐る問いかけた。

「易《やす》きことにございまするよ、お奉行」

答える壮平の表情は、穏やかなものに戻っていた。

「どういうこった、壮さん」

「ちと筋書きを変えるのだ、八森」

「筋書きだと」

「左様。私がお奉行に刃を向けたは播磨守めの悪しき術に操られたが故のこと。人質など取られてはいなかったことにいたすのだ」

「何を言ってやがる。お前さんは野郎の術なんぞにゃ……」

「それでは生き証人になれまいぞ」

「播磨の野郎は、お前さんが術にかからなかったのを知ってるだろうが？」

「それこそ言い逃れにしか聞こえぬであろうよ。子細をご存じなき伊豆守様と摂津守様におかれては、な」

「……」

壮平が何を言わんとしていたのか、十蔵は理解した。

北町奉行所の刃傷沙汰のみを槍玉《やりだま》に挙げたところで、清茂に言い逃れられれば追及はできない。

しかし同様の事件がいま一つ、奇《く》しくも同じ北町奉行所内で清茂によって引き起こされたと告発すれば、清茂贔屓の家斉も不審を覚える。

そのために壮平は事実を伏せ、金右衛門が操られたのと同じ手口で刃傷に及んだと名乗り出ると言っているのだ。

「さすれば播磨守は天網《てんもう》に掛かりしも同然となりましょうぞ、お奉行」

「……」

自信を込めた壮平の言葉に、正道は黙り込む。

「なぁ壮さん、意味が分かってて言ってるんだよな」

堪りかねた十蔵が口を挟んだ。

「そんなことを手前から申し出りゃ、お前さんは北の奉行を殺そうとした咎人にされちまうんだぜ」

「もとより承知ぞ、八森」

「だったら、未遂でも無罪放免ってわけにゃいかねぇのも分かってるだろ」

「さもあろう。お奉行は我らが主君に非ずも上役であられる故、主殺しに準じた刑に処されよう」

「そういうこった」

「仮にも士分なれば切腹、とは参るまいよ」

壮平は気負うことなくつぶやいた。

決意の固さを見て取った十蔵と正道に、もはや返す言葉は無かった。

三

今日も千代田の御城に向けて、役人たちが出仕していく。

御城勤めの御役目の大半を占めているのは旗本で、下役を務めるのは御家人だ。

馬で登城するのは旗本だ。

武官はもとより文官も馬に乗り、駕籠を用いることはない。駿馬を乗りこなすことがままならずに足の腱《けん》を切ることによって力を弱めてはいるものの、形だけは乱世の武者の末裔《まつえい》らしく登城する。

大手御門の前に一頭の馬が止まった。

鬣に白いものが目立つ、かなりの年寄りながら、まだ足腰はしっかりしている。

日の本古来の馬は総じて背が低いが強健だ。満四歳で成獣となり、二十歳で寿命と言われる一方、長寿を保って壮健な老馬も多い。

その馬も太り肉《じし》の男を乗せて大事ない、未だ丈夫な馬であった。

降り立ったのは北町奉行の永田備後守正道だ。

「どう、どう」

お付きの中間が口を取るより早く、老いた愛馬を宥めやる。

「はは、久方ぶりの馬は堪えるのう」

「ぶるっ」

正道のぼやきを聞き咎めたかのように老馬がいななく。

「これ大松《だいまつ》、あるじの揚げ足を取るでない」

愛馬を名前で呼んで首を撫で、正道は歩き出す。

町奉行の正装である長袴をたくし上げ、御門を潜りゆく正道の供をするのは、二人の中間のみ。一人は挟み箱を担ぎ、いま一人は柄の長い傘を抱えている。

たとえ天下の御三家といえども、馬や駕籠を本丸御殿の玄関前まで乗り付けることは御法度だ。徳川の臣下に属する大名たちは尚のことで、大手御門を初めとする諸門を潜った先での移動は徒歩が原則。

出仕が一番遅いのは老中で、その刻限は朝四つ——午前十時。

他の者たちはそれより早く登城に及び、それぞれの職場で待機する。

御城中の職場に赴く前に必ず立ち寄るのが、本丸御殿の玄関内の下部屋だ。

南町奉行の根岸肥前守鎮衛は一足先に登城に及び、下部屋で待機していた。

「お待たせ申した、肥前守殿！」

「大事ない故、まずは汗を拭くがよい」

息せき切って下部屋に入った正道に、鎮衛は穏やかに語りかけた。

鎮衛は当年取って七十六だ。

年相応に老いを重ねながらも骨太の外見に、弱々しい印象はない。時として激しい腹痛に見舞われる疝気《せんき》の持病はあるものの、他は至って健康だった。

「痛み入り申す……」

正道は恐縮しきりで汗を拭く。

南の名奉行となる前から勘定方で能吏と呼ばれた鎮衛の貫禄《かんろく》は、正道の及ぶところではない。還暦を過ぎてなお、追いつかぬ差があった。

「近頃は酒を過ごさぬように心がけており申したが、未だ絞り切れておらぬようでござるな」

「無理に痩せずとも構うまい」

「恐れ入り申す」

「無駄話も無用であるぞ」

「……肥前守殿」

鎮衛の一言を受け、正道の目が鋭くなった。

「おぬしの顔を見た時から気付いておった。存念あらば、はきと申せ」

「されば申し上げまする」

正道は膝を揃えて鎮衛に向き直った。

「出がけに急な願いの儀がありし申した」

「八森と和田か」

「左様にござる」

「あの両名が今時分、おぬしに願い出たとあらば……二年前の刃傷一件か」

「ご明察《めいさつ》」

「咎人を獄門に処したを蒸し返すとならば、ご老中が困り顔をなされるぞ」

「そのご老中を、巻き込まねばなり申さぬ」

「何故だ」

「相手が相手にございますれば」

「……詳しゅう聞かせよ」

「ははっ」

正道は声を潜めて語り出し、鎮衛は黙って耳を傾ける。

二人の町奉行が殿中席に着いたのは、刻限ぎりぎりのことであった。

四

朝から日差しの強い空の下、登城の大名駕籠が御堀端を往く。

千代田の御城に向けて進みゆく駕籠は、いずれも漆塗《うるしぬ》りで引き戸付き。

側面に見て取れる家紋は、御公儀の御役目に就いている大名家のものばかりだ。

大名が就く御役目で江戸にて常勤できるのは、老中と若年寄に奏者番《そうじゃばん》、寺社奉行の四役のみ。若年寄の古株である堀田摂津守正敦は若い頃、近江堅田藩主の堀田家に婿入りした当初に大番頭を務めたが、幕府の武官でも格の高い大番頭は本来、旗本が任じられる御役目だ。

他に大名が就くことのできるのは、京都所司代《きょうとしょしだい》と大坂城代《おおさか》に大坂城番。

いずれも江戸を離れ、任地で暮らす御役目だ。

近江小室《こむろ》一万六百三十石の最後の藩主となった小堀和泉守政方《こぼりいずみのかみまさみち》は伏見《ふしみ》奉行を務めた当時の悪逆非道《あくぎゃくひどう》を告発され、小室藩は御取り潰しの憂《う》き目を見たが、この伏見奉行も本来は旗本の御役目で、大名が就くことは稀だった。

幕府と大名家の関係は、未だ緊張を孕んでいる。

大名も将軍の直臣なのは旗本と同じだが、関ヶ原の戦いで西軍に属したために外様とされた家々はいつ何時、徳川の天下を覆そうとするのか定かではない。薩摩《さつま》の島津《しまづ》家は八代当主の重豪《しげひで》が娘の茂姫《しげひめ》を一橋家に送り、一橋家の若君だった頃の家斉と婚約させておいたのが幸いして将軍家の外戚《がいせき》となるに至ったが、他の外様大名たちは違う。

同じ外様でも前田《まえだ》と伊達の両家こそ戦国の昔から徳川と親しい間柄だが、長門国《ながとのくに》で長府《ちょうふ》と清末《きよすえ》の二藩を治める毛利《もうり》家に対しては、幕府も警戒を怠《おこた》れなかった。

無役の大名たちも江戸参勤で在府している間は毎月二度か三度、月次御礼《つきなみおんれい》と称して本丸御殿の大広間で一堂に会して将軍の御機嫌を伺うことを課せられる。

梅雨入り前に参勤は明け、いま江戸に居るのは入れ替わりに出府した大名たちだが用事も無しに登城はできず、屋敷で大人しくしているより他にない。

そんな無役の大名たちにとって、現職のお歴々は羨ましい。

しかし、誰もが憧憬《どうけい》を寄せられていたわけではない。

御堀端を進みゆく、その駕籠に乗っているのは松平伊豆守信明。

現職の老中首座は、今の幕閣で一の苦労人だった。

我が儘勝手な将軍の家斉にあれこれ振り回されるのみならず、同役の老中たちからの突き上げも厳しい。

相次ぐ異国船の日の本沿岸への出没に対処すべく抜擢した松平越中守定信——若き日に教えを受けた大先達は自ら進んで職を辞し、信明は心の支えを失った。

残る同志は若年寄の堀田摂津守正敦のみ。

その正敦は一足先に登城に及び、本丸の玄関を潜っていた。


本丸御殿の玄関寄りの一帯は、表と呼ばれる幕府の政庁だ。

御公儀の御役に就いた大名と旗本が政務に携わり、下役の御家人が事務を執る大小の用部屋に加えて大広間に白書院《しろしょいん》、黒書院《くろしょいん》が設けられている。

大広間と二つの書院は幕府の行事に用いる部屋で、大広間は四百九十畳、白書院は三百畳、黒書院は百九十畳。

いずれも上段と下段に分かれており、上段には将軍が、下段には大名と御目見以上の旗本が座る。

これら三つの広間を抜けた先が、将軍の御座所が在る中奥《なかおく》だ。

正敦は同役の若年寄たちと共に表を抜け、中奥の老中部屋に向かっていた。

「お早うございまする、摂津守様」

「うむ」

「摂津守様、本日もご機嫌麗《うるわ》しゅう」

「痛み入る」

すれ違いざまのご機嫌取りを言葉少なに捌く態度は慣れたもの。

御役目こそ老中より格下の若年寄だが、正敦は寄せられる信頼が篤かった。

正敦の生まれは、外様で随一の名家たる伊達家。

父親が家督を継ぐ前に儲けた子であったために伊達家の子として扱われず、養子に出されるに至ったものの、それが結果として吉と出た。

正敦が治める近江堅田藩は石高こそ少ないものの、藩領は琵琶湖《びわこ》の沿岸で水運の利に恵まれている。

戦国乱世の堅田水軍の流れを汲む郷士衆を能く束ねる正敦は、国許では名君として誉れが高い。

堀田の家督を継いだ当初は大番頭を務めたほど武勇に秀でる一方、学究の徒としての評価も高く、鳥と昆虫にとりわけ詳しい。

博覧強記《はくらんきょうき》の正敦は、かつて薫陶を受けた松平越中守定信がやり残した改革の一部を受け継いでいる。

取り組む仕事は、かの『寛政重修諸家譜《かんせいちょうしゅうしょかふ》』の編纂《へんさん》。

大名と旗本の系図を網羅《もうら》した大全《たいぜん》が、後の世に残した功績は計り知れない。

この男を恃《たの》みとすれば、中野播磨守にも太刀打ちし得る。

南北の町奉行は左様に見込み、共に老中部屋へと向かっていた。

五

大奥では朝の総触《そうぶれ》も済み、奥女中たちがくつろいでいた。

夏用の装束は涼しげで、足袋を略した素足も眩しい。

見目良き女たちの中でも一際目立つのは、御手付き中臈《ちゅうろう》のお美代の方だ。

「御年寄様、ご機嫌よう」

すれ違いざまの挨拶に、敬意は微塵も感じられない。

「…………」

昂然《こうぜん》と顔を上げて去りゆく美女の背中を、相手の奥女中は無言で見送っていた。

大奥御年寄の帚木《ははきぎ》である。

丸顔で背も低く、信楽焼《しがらきやき》の狸《たぬき》に似ている。

渾名《あだな》の「番狸《ばんだぬき》」は帚木の容姿に加え、大奥の風紀を厳しく取り締まる立場に基づくものだった。

泣く子も黙る番狸も、このところ旗色が悪い。

元凶《げんきょう》は言わずもがなのお美代の方だ。

小納戸頭取の中野播磨守清茂が養女として大奥に送り込み、今や家斉の一の御気に入りとなるに至った女狐《めぎつね》だ。

狸と狐は互角《ごかく》でも、女の魅力では勝負にならない。

もとより帚木は将軍の側室候補としてではなく、事務方として大奥入りを望んだ身だった。

生まれは信濃高遠藩《しなのたかとお》。

かの江島生島《えじまいくしま》の一件で時の大奥御年寄だった江島の身柄を預かった大名家だ。

その家中で城代家老の娘として生まれた帚木は、在りし日の江島の話を知るにつれ大奥と歌舞伎芝居への憧れを強め、伝手《つて》を頼って江戸に出たのだ。

爾来《じらい》幾十年を経た今になって、斯様な化け狐が現れるとは思ってもみなかった。

お美代の方には隙が無い。

御庭番の監視役として千代田の御城に詰めていた相良忍群の女頭領で帚木とは懇意

であった柚香が自ら志願し、亡き者にせんとしたのも未遂に終わった。
狙われたお美代の方にとっても外聞の悪いことだけに話が広まることはなかったが
帚木は柚香に暇を取るように働きかけ、今のところ後難は生じていない。
そしてお美代の方は、今や御手付中臈の頂点に立っている。
懐妊《かいにん》すれば、その立場はいよいよ強固なものとなるだろう――。

六

帚木の苦悩をよそに、清茂は勤しんでいた。
謀略の実現に向けてのことではない。
小納戸頭取としての御役目に、である。
今や清茂に焦《あせ》りはなかった。
家斉との仲も変わらず良好だ。
幼い頃から世話を焼いてきた仲だけに、余人が口を挟む余地もない。
願うは家斉がお美代の方こと桔梗《ききょう》を更に寵愛《ちょうあい》し、清茂を更に重く用いること。
仲間の忠英と忠成が寄せる期待を受けてのことでもある。

忠成は先月から西の丸詰めの御側御用人として家慶に仕える身となったため、本丸に顔を見せることもなかったが、忠英は御側御用取次として、変わることなく家斉の一の側近を務めている。

三羽烏で一の腕利きである忠成が居なくなったのは、危急《ききゅう》の折には不安なことだ。

しかし、清茂が進める企みは荒事《あらごと》ではない。

かつて御城中で凶刃に倒れた、愚かな先達たちの轍《てつ》を踏むつもりはなかった。

「しかと頼むぞ、播磨守」

「大事ない。大船に乗った気で居るがよかろうぞ」

忠英に豪語する清茂は、我が身に迫る危機をまだ知らない。

それも仇敵である南北の町奉行とは別口で、予期せぬ方法によって降りかかることになろうとは、夢想だにしていなかった。

第十章　卍巴《まんじどもえ》の大捕物《おおとりもの》

一

南北の町奉行は老中首座の松平伊豆守信明に人払いを願った上で、十蔵と壮平から託された一件を余さず明かした。

盗み聞きを警戒して声を潜め、人の気配がすれば筆談に切り替えてのことだった。

老中たちは日頃から秘する必要のあることは口にせず、筆談で意見を交わすのが常であったが、紙に書いては証拠が残る。

そこで出番となるのが、暑い盛りも出しっぱなしの長火鉢だ。

五徳《ごとく》が二つ付いており、湯を沸かしながら煮炊きもできる長火鉢は、灰の敷かれた部分が普通の火鉢より広い。

その灰に火箸で文字を書き、終わった後は消してしまう。邪魔な五徳を取り払えば更に広く使えるため、込み入った話も苦にならない。

「備後守、そのほうはよき配下に恵まれたのう……」

灰を均《なら》した長火鉢を前にして、信明は惜しみない賛辞を正道に贈った。

「痛み入りまする」

謹んで賛辞を受けながらも、正道は手放しに喜べなかった。

信明はかねてより、悪しき三羽烏が台頭《たいとう》するのを危惧していたという。

こたびの人事で若年寄の水野出羽守忠成は西の丸詰めの御側御用取次となり、信明の不安は的中した。

残る二人も油断はならない。

中奥詰めの御側御用取次である林肥後守忠英は、したたか者で目端が利く。

とはいえ正道に弱みを握られている限り、動きを封じることは可能である。

やはり一番の難物は、小納戸頭取の中野播磨守清茂だった。

家斉が一橋徳川の若君だった頃から御側近くに仕えていたのは、忠成と忠英も同じこと。武芸に秀でた忠成は打毬の御相手として、頭の回る忠英は囲碁将棋《いごしょうぎ》の御相手として、未だに目を掛けられている。

清茂は他の二人のように弓馬刀槍《きゅうばとうそう》の腕が抜きん出ているわけではなく、頭が切れるわけでもなかった。

もとより無能というわけではない。

清茂は小納戸頭取として同役たちが及ばぬ才覚を発揮し、中奥詰めの諸役の中でも御側御用取次と共に責任の重い御用に勤しんでいる。

平の小納戸は髪を結う御髪番《おぐしばん》、給仕を行う御膳番《ごぜんばん》と、将軍の日々の暮らしの世話を焼くのが御役目だ。共に将軍の御側近くに仕えていても小姓と違って話し相手や遊び相手を仰せつかることのない、あくまで御世話係でしかなかった。

それが頭取となれば、同じ小納戸でも別格。御側御用取次と連絡を密に取る、将軍の秘書官の一人と言うべき存在となるからだ。

小姓は将軍との距離こそ近いが、その使命は無聊を慰めること。

かつて栄華を誇った田沼主殿頭意次と嫡男《ちゃくなん》の意知《おきとも》のように小姓を振り出しに出世を遂げた例もあるとはいえ、見出されずに齢を重ね、容色が衰えれば御役御免だ。小姓にも頭取という役職が在り、平小姓より俸禄こそ増えるものの、御役目としての重さは小納戸頭取に及ばない。

とはいえ家斉が清茂に寄せる信頼は、小納戸頭取としての働きだけで勝ち得る域を超えている。

おもむろに信明が火箸を手に取った。

均した灰に書いたのは、

『美代　生年不詳　姦婦《かんぷ》』

の八文字。

火箸を渡された正道は、

『姦婦』

の二文字に×を付けた。

将軍の寵愛を得て有頂天になっている女狐とはいえ、存在そのものを抹消する権利は正道にない。

その女狐――お美代の方を大奥に送り込んだ清茂についても同じである。

敵対する勢力を削ぐために相手の一命を奪うのは、御政道とは言えない。

ただの勢力争いであり、端的に言えば潰し合いだ。

とはいえ蛮賊に非ざる以上、知恵を以て対処すべし。

故に正道は隠密廻の献策を採用し、こうして老中首座に話を繋げたのだ。

かつて抜刀鬼と恐れられた壮平ならば、清茂を斬って捨てるのも容易いはず。

刃傷沙汰の黒幕として引導を渡し、一命を以て罪を償わせるのならば話は早い。

しかし、それでは御政道に何ら益すまい。

清茂には負けてもらわねばならぬのだ。

誰の目にも明らかな敗北を喫し、出世を止めねばならぬのだ。

清茂にとって何より辛いのは、家斉の信頼を失うことに相違ない。

異なる術で人を操り、凶行を引き起こさせた事実を知るに及べば、家斉も特別扱いができなくなる。

それでいいのだ。何も殺さなくてもよい――。

「伊豆守様、ちとご無礼をつかまつりまする」

正道の思案を遮ったのは齢を感じさせない、快活な声だった。

信明と共に力添えを呼びかけた、若年寄の堀田摂津守正敦だ。

宝暦五年（一七五五）生まれの正敦は当年五十八。

対する三人は最年長の鎮衛が七十六で正道が六十一、信明が五十。

四人の中では信明、次いで正敦が若いが、若年寄は町奉行より格上だ。

年下ながら老中首座の信明に若年寄の正敦が敬称を用いるのは当然だが、正道と鎮衛は年上であっても正敦に敬意を表さねばならなかった。

「何となされましたのか、摂津守様」

問う正道の声は硬かった。

のみならず、向ける視線も冷たい。

筆談を交えてのやり取りを、正敦が終始傍観していたからだ。

信明の熱の入りようと比べれば、如何にも頼りない。

御城中での評判とは大違いだ。

何を今更、余計な口を挟もうというのか。

憮然と見返す正道に、動じることなく正敦は言った。

「先程から考えるに、どうあっても解せぬことがあるのだ」

「何事でございましょうか」

「おぬしには何も申しておらぬぞ、備後守」

「摂津守様?」

「肥前守殿、一つ教えてもらえぬか」

戸惑う正道に見向きもせず、正敦が問いかけた相手は鎮衛だった。

「なんなりと仰せになられませ。摂津守様」

応じる鎮衛の声は穏やか。

返す視線にも、正道と違って険《けん》がない。

「かたじけない」

正敦は謝意を述べた上で、鎮衛に向かって問いかけた。

「おぬしは是か、非か」

「何を、でございまするか」

「これだ」

正敦は火箸を取り、

『和田壮平』

と灰にしたためた。

その上で右に○を一つ、左に×を二つ書く。

「おぬしは？」

「貴殿がご存念と同じにございまする」

「左様か」

ふっと正敦は微笑んで、いま一つ○を書き加えた。

「……身共は非と見なされておったらしいの」

その手元に視線を向けたまま、信明は恥じた様子でつぶやいた。

「もとよりお咎め申し上ぐる気はございませぬぞ、伊豆守様」

正敦は火箸を置いて信明に向き直った。

「これにて二対二、ということでよろしゅうございまするな」

続けて言上する口調は、変わることなく快活そのもの。

それでいて、信明を見返す目力は強い。

「伊豆守様、卒爾《そつじ》ながらお答えを」

「この儀はひとまず保留にいたす。それでよいかの?」

「ははっ」

正敦は折り目正しく頭を下げた。

その間に鎮衛は火鉢の灰を均し、壮平の名前を消す。

清茂が金右衛門に言霊の術をかけ、町奉行所に対して抱く反発を増幅させて凶行に走らせた事実を暴けば、正道は壮平を刑に処すこととなる。

それは同じ町奉行として、鎮衛も関与しなければならぬ裁きだ。

正敦はそうはさせまいと口を出したのだ。

正道の無礼を逆手《さかて》に取り、鎮衛に問いかけながら信明に揺さぶりをかけ、決を採る流れに持っていったのだ。

そんな正敦の思惑に、正道も気付いたようである。

「摂津守様、それがしは」

「配下を大事にせよ、備後守……殿」

「しかと心得おきまする」

にやりと笑う正敦に、正道も微笑みを以て応える。

そこに乱れた足音が聞こえてきた。

もとより御用部屋の襖は閉めてある。

その襖の向こうでは足音のみならず、慌てた声が飛び交っていた。

「御乱心《ごらんしん》、御乱心じゃ」

「うぬっ、滅多なことを申すでない！」

「そのとおりぞ、乱心しおったのは播磨守じゃ」

「播磨守様？」

「頭取様が⁉」

不安を帯びた声の主は、下役の小納戸らしい。

その一人の声に、正道は聞いた覚えがあった。

「ご免」

信明らに向かって一礼し、襖を開く。

「何としたのだ、鍋五郎」

落ち着かせるべく声をかけた相手の名前は、小田切鍋五郎。

前の北町奉行で今は亡き小田切土佐守直年の嫡男である鍋五郎は、昨年から中奥詰めの小納戸として千代田の御城に出仕する身となっていた。

「お奉行こそ、何故にご老中とご一緒なのですか？」

「それが町奉行の日々の務めぞ。おぬしの父上もご同様であられたはずぞ」

「御城中でのことは何も申しませんでしたので……」

「当たり前ぞ。役儀の上で知り得たことは家族にも明かしては相ならぬと、おぬしも誓詞《せいし》を入れたのであろう」

「ああ、左様にございましたね」

「しっかりせい。それよりも何の騒ぎじゃ」

「私にも、しかとは分かりかねまする」

「ならば持ち場に急ぎ戻りおれ」

「されど頭取……播磨守様が」

「なればこそ自重せい。あやつ一人の落ち度ならば、おぬしらにまで累は及ばぬ」

戸惑う鍋五郎を押しやると、正道は廊下を渡りゆく。

騒ぎの現場は小納戸頭取の控えの間。

「余は大事ない故、播磨の手当てをしてやれい」

憮然と告げつつ姿を見せた家斉は、拳に血を付けていた。

殴った相手の歯をかすめ、浅く裂けたようだ。

日頃から体を鍛えていても、拳は強くはならぬもの。

若様が菊千代に指南している拳法と違って力任せに殴りつければ、自身まで怪我を負うのもやむなきことだった。

二

話は五日前に遡る。

皐月二十一日の昼下がり、一通の訴えが目安箱《めやすばこ》に投じられた。

目安箱とは為政者《いせいしゃ》が幅広く世論を集め、政に適宜反映させることを目的に設置した投書箱のことである。

日の本では大化《たいか》の改新《かいしん》と共に始まり、政治の実権が武家に移った後も断続的に試みられた目安箱の制度を、徳川将軍家で初めて実践したのは八代将軍の吉宗。将軍職に就いて五年目の享保《きょうほう》六年（一七二一）の文月に「御箱」と称する目安箱を設置させたのは評定所の門前だ。

千代田の御城の和田倉《わだくら》御門外に在る評定所は町奉行と勘定奉行に寺社奉行を加えた三奉行が単独では扱いかねる事件の合議を行い、必要に応じて目付と大目付、更には老中が陪席して裁きを下す、幕府の最高裁判所。

もとより近寄り難い場所である上に、投書の受付は毎月二日と十一日、二十一日と定められている。御箱が衆目に晒されるのは、その三日の間だけなのだ。

評定所の門前に御箱が置かれる日に限らず、評定所では番人が目を光らせている。二年前に北町奉行所で前代未聞の刃傷沙汰が出来してからは尚のこと、監視が厳しい。ふざけた投書をしようと近づいたのを曲者《くせもの》と間違われ、痛い目に遭わされては恥の上塗りだ。そもそも在所と姓名を正しく記していなければ目も通されずに破棄されるとあって、悪戯《いたずら》が目的で立ち寄る馬鹿は居なかった。

その訴えを投じた女人にも、ふざけた態度は見受けられない。

「御役目ご苦労様にございまする」

門の左右に立つ番人にそれぞれ一礼し、懐から出した封書を投じる。

小娘ではない。そろそろ四十路《よそじ》と思われる、成熟しきった体つきだ。
地味な木綿の単衣を着ていても、物腰の一つ一つから隠しきれぬ色香が匂い立つ。
独りきりでの外出のためか、きっちりと着付けをしていない。裏店《うらだな》住まいの女たち
ほど着崩してはいなかったが、帯の締め込みは緩かった。
汗の染みた単衣が張り付く尻は張りが豊かで、胸乳も大きい。
屋敷に戻って帯を胸高に締めるのは、さぞ苦しいことだろう。
番人たちが目のやり場に困るほどの色香を漂わせながらも、立ち居振る舞いは折り
目正しく、日頃は品良く振る舞っているのが窺い知れる。
とすれば、この女は武家奉公の奥女中だ。
行儀見習いにしては薹《とう》が立ちすぎだが、旗本屋敷の奥女中には敢えて嫁がず年季を
重ね、当主のお手付きとなって家中を牛耳《ぎゅうじ》ろうと企む者も居る。
大奥ほどの規模でなくとも武家屋敷の奥向きは女の園だ。殿様に寵愛された奥女中
がお飾りの奥方を差し置いて、実権を握るのも珍しいことではなかった。
その手の女狐であるのなら、投じた訴えに碌《ろく》なことを書いてはいまい。
それでも在所と姓名が明記されている限り、破棄されないのが決まりである。
目安箱には頑丈な錠前が付いている。

鍵は将軍が自ら管理しており、余人が開けることはないという。

少なくとも創設者の吉宗と、その曾孫にして当代の将軍である家斉は、全ての投書を己が目で検《あらた》めるのを常としているらしい。

その評判が偽りなくば、こたびの訴えは必ずや御取り上げとなるだろう。

余人にとっては取るに足らない、しかし家斉にとっては捨て置けぬ、切実な内容が綴られているからだ——。

女は踵を返して歩き出す。

未だ晴れない曇天の下、派手な水音が聞こえてきた。

龍ノ口《たつのくち》の放水だ。

評定所の定冠詞となっている「龍ノ口」とは、最寄りに設置された石造りの樋口《ひぐち》のことである。御堀から溢れた水を受け、横手の道三堀《どうさんぼり》に絶えず放水する様は、たしかに水龍《すいりゅう》さながらの迫力だ。

ドゥドゥと飛沫《しぶき》を上げる放水に、女は微笑む。

今年の梅雨は雨量が多く、江戸を含む関八州でも水害が危惧されている。

常にも増して勢いがある龍ノ口も、涼を誘われる前に心配になってくる。

飛沫を受けて喜ぶ女は、そんなことなど考えてもいないらしい。

飛沫に濡れた単衣の張り付く女体《にょたい》が、毒々しい色香を醸《かも》し出して止まずにいた。

そして今日は皐月の二十六日。

家斉は肌身離さず持ち歩いている鍵を手に、御箱を開けようとしていた。

仕舞っていたのは、首から提げた小さな袋。

お守りのように肌身離さずにいるのだ。

曽祖父の吉宗を見習ってのことである。

御箱こと目安箱は投書を締め切るたびに、千代田の御城中まで運ばれる。

もちろん厳しい監視の下でのことだ。

錠前を開くために運び込むのは、小納戸頭取の控えの間。

本来ならば早々に開けるところだが、御用繁多で日延べをしたのだ。

同じ将軍の御側仕えでも小納戸は小姓よりも格が下と見なされるが、頭取となれば立場は逆転する。

小姓頭取は俸禄こそ多いが閑職《かんしょく》で、忙しいのは自ら書物に目を通さない将軍の求めに応じ、読み聞かせをする御役目ぐらいである。ちなみに家斉の好みは和漢の軍記物で、とりわけ『三国志演義《さんごくしえんぎ》』に入れ込んでいた。

そんな家斉が清茂を重く用いるのは、命の恩人であればこそだ。

のみならず、お美代の方の養い親としても大事にしなくてはならない。

「上様、美代は能くお仕え申し上げておりまするか」

「念を押すまでもなきことぞ。床上手にして気丈夫な、げに愛《う》いおなごじゃ」

「それは重畳にございまする」

くだけた様子で語り合いつつ、家斉は書状を捌いていく。

のろけ話が出るのは、埒もない投書に目を通している時。

無記名ならば即座に破り捨て、丸めもせずに放り出す。

その手がぴたりと止まったのは、件《くだん》の封書を手にした時だった。

「うむ、脂がのったおなごの筆跡だの」

表書きから裏書きと視線を巡らせ、家斉は莞爾《かんじ》と微笑む。

その笑顔が強張ったのは封書を広げ、書かれた内容を目にした直後。

「播磨」

呼びかける声も一転して硬く、険しい。

「ははっ」

如才なく応じた清茂の顔面に、握った拳が叩き込まれた。

家斉の拳が裂け、血が滴る。
清茂は抗うことなく吹っ飛んだ。
勢いで飛んだ書状が目の前に落ちてきた。
『豊千代《とよちよ》きんせいの御珍宝《おちんぽう》を定之助《さだのすけ》にとらすものなり』
平仮名交じりで綴った文《ふみ》の横に描かれていたのは、奇妙な代物《しろもの》。
子細を知らぬ者の目には、象の生首にしか見えないだろう。
しかし、清茂は知っている。
それは幼き日の家斉が木の上から落ちたのを庇い、清茂が重傷を負った後のこと。
裂けた玉袋《たまぶくろ》の傷は塞がるも、子種を生み出す源《みなもと》は失われた。
家斉は取り返しのつかぬことをしたと、幼いなりに悟ったらしい。
子どもの頃から器用であった手先を駆使して拵え、下げ渡したのは作り物の玉袋。
無事だった肉竿までご丁寧についていたのが、思い出すだに微笑ましい。
とはいえ、懐かしんでばかりはいられまい。
この封書を投じた者は、清茂の秘めた過去を知っている。
のみならず、家斉の落ち度まで知られているのだ。
「…………」

清茂は上体を起こし、改めて書状に目を向けた。

豊千代は家斉の幼名。定之助とは清茂が少年の頃からの通り名だ。

そして平仮名交じりの一文は、当時の家斉が手製の一物《いちもつ》に添えられたもの。

余人が知り得るはずもないことだ。

しかし、今は知られていても不思議ではない。

去る二十日、中野家の屋敷に賊が押し入った。

閂《かんぬき》を一刀両断し、表門を押し開けて正面から入り込んだ賊はただ独り。

清茂が宿直《とのい》で中奥に泊まり、屋敷を空けた隙を衝いたのだ。

留守を守っていた家士はことごとく打ち倒され、妻女は納戸に隠れて難を逃れた。

その時に奪われたのが、幼き日の家斉が手がけた力作と一文。世に触れ回られれば将軍家の恥となる、何としても取り返さねばならない代物であった。

三

その夜、南町奉行所に一同が集まった。

「妙な成り行きになったみてぇですねぇ、お奉行方」

御城中での一部始終を聞き終えて、十蔵は苦笑い。

「お役に立てず、遺憾にござる」

十蔵の隣に膝を揃えた壮平は、何故か申し訳なさそうにつぶやいた。

「何も和田の旦那が謝ることはあるめぇよ。こいつぁ播磨守が蒔《ま》いた種だろう」

「それにしても問答無用で鉄拳制裁とは豪気なことぞ……流石は我らが上様、御仕えし甲斐のあられる御方だな」

口調こそ伝法ながらも取りなす俊平に続き、健作が可笑しそうにつぶやいた。

続いて口を開いたのは若様。

「して上様は何故に、この儀をお奉行方に御任せになられたのでしょうか」

「そのことぞ、若様」

先に答えたのは鎮衛である。

「上様が仰せによらば、御幼少のみぎりに御側仕えをしておった者のいずれかに相違ないとの由じゃ」

「御慧眼《ごけいがん》に偽りなしというのが、我らの見解ぞ」

言い添えたのは正道だ。

「ということは、出羽守と肥後守のことも上様は御疑いに？」

若様は続けて問いかけた。

「いや、それはあり得まい」

「敵が狙いは上様と播磨守の仲を裂くこと……あやつらはゆめゆめ望まぬ仕儀ぞ」

鎮衛と正道が口々に答えた。

「されば、他にも御側仕えが居ったのですね」

「左様。播磨守らと違《ちご》うて上様の御目に適わず、無駄飯を喰うておる者どもじゃ」

「そういうことかい。無役の旗本ってのは始末に負えねぇからな」

「されど腕は立つようだな……門を一刀両断とは、容易には成し得ぬ荒技ぞ」

鎮衛の見解に首肯しつつ、俊平と健作がつぶやいた。

そこに十蔵が口を挟んだ。

「その荒技を売り物にして、上様に御目通りを願い出るんじゃありやせんかい？」

「何を申すか八森。臆面《おくめん》がないにも程があろうぞ」

「恥を知らねぇ野郎ってのはそういうことをするんでさ。お奉行」

疑義を呈した正道に苦笑を投げかけ、十蔵は壮平に向き直った。

「壮さんのせっかくの覚悟をふいにしやがったとなりゃ、放っておけねぇな」

「左様。痛い目を見てもらわねばなるまいよ」

答える壮平の声は落ち着いたもの。

それでいて、双眸は鋭い光を帯びている。

もとより清茂のために立ち上がるわけではない。

将軍家の威光を汚す痴れ者を放っておいては直参の名折れ。

三十俵二人扶持の軽輩であろうとも徳川の禄を食む身である以上、不忠者を見逃すわけにはいかなかった。

四

緑の香りを孕んだ風が吹き抜けた。

手入れの行き届いた前栽《せんざい》の向こうには、満々と水を湛えた御堀。

遮蔽物《しゃへいぶつ》となり得る木立が一切存在しない、広々とした庭だった。

ここは千代田の御城の吹上御庭《ふきあげおにわ》。

本丸御殿と西の丸に等しく近い庭園は、将軍と世子のみならず御台所と奥女中にも開放されている。四方を内堀に囲まれた、緑と水の豊かな園は、籠の鳥に等しい大奥暮らしの無聊を慰めるのにも大いに活用されていた。

千代田の御城の北辺一帯を占める広大な庭地には、かつて御三家をはじめとする大名家の上屋敷が建ち並んでいたという。

それが余さず移転されたのは江戸市中を灰燼《かいじん》に帰し、御城の天守閣まで焼け落ちた明暦の大火の後のこと。

御庭の各所には御庭番衆が配置され、表向きの御役目である掃除に勤しみながら目を光らせている。将軍や世子が御成の折は更に警戒が厳しく、素性の知れぬ者はもとより登城した大名や旗本も、みだりに立ち入ることは許されない。

その吹上御庭に大音声《だいおんじよう》が響き渡ったのは、皐月も末の朝四つ半――夏至《げし》を前にした時期は午前十一時――のことである。

「トァーッ！」

早くも梅雨が明けたかの如く晴れ渡った空の下、大きく弧を描いて振り下ろされたのは、剛剣と呼ぶにふさわしい一振りだった。

斬られたのは木製の台に据えた兜鉢《かぶとばち》。

前頭部を護る部分が物打《ものうち》――切っ先から三寸（約九センチ）ほどの、振るう勢いが最も乗る部分――によって断ち割られた。

頭形《ずなり》と呼ばれる、文字どおり頭の形に生成された兜である。

出陣に際して欠かせぬ前立物《まえだてもの》は付いていない。

とはいえ、相手は兜である。

もとより一刀両断するのは無理なことだが、一部を割るだけでも尋常ならざる技量が必要とされる。温めれば斬り易くなると言われるが、生半可な腕前で試みても跳ね返され、得物を曲げてしまうのが目に見える。

斬り手の名前は下井輪次郎《しもいわじろう》。家斉が一橋徳川の若君だった頃に世話役と遊び相手を兼ね、御側近くに仕えた旗本の一人である。

当時は元服前だった輪次郎も、五十に手が届こうという年だ。

昔のよしみで兜割りを上覧《じょうらん》つかまつりたいとの申し出を家斉は快諾し、菊千代まで臨席させていた。

菊千代が当主を務める清水家は、吹上御庭とは目と鼻の先。

故に家斉は抜き打ちで訪問し、若様の影指南が露見するに至ったのだ。

その一件も円満解決となった今、若様は菊千代の傍らに控えていた。

清水家の初代当主であった重好の子という事実は、この場では家斉しか与り知らぬことである。もとより菊千代は何も気付いておらず、若様のことは師として敬愛するばかりだ。

故に若様はでしゃばらず、神妙に成り行きを見守っている。

「御上覧くだされ、上様」

輪次郎が刀を家斉に差し出した。

家斉は作法どおりに口を閉ざし、受け取った刀を吟味する。

身幅が広く、重ねが厚い。鎌倉《かまくら》の昔の太刀ならではの、厳めしい造り込みだ。

刃長も目立って長かった。三尺（約九〇センチ）に届かぬまでも、優に二尺七寸（約八一センチ）はあるだろう。

長大な刀身も、鎌倉の世に鍛えられた太刀に顕著な特徴だ。

最後に茎《なかご》を外して銘《めい》を検め、家斉は剛剣を鞘に納めた。

「やはり相州刀《そうしゅうとう》は良きものぞ。大事にせい」

「ははーっ。しかと肝に銘じまする」

輪次郎は神妙に頭を下げた。

その頭上から、家斉が問いかける。

「そのほう、他にも斬れるものはあるのか」

「仰せとあらば、何なりと」

頭を下げたまま答える輪次郎の声は、心なしか弾んだ響き。

売り込みが功を奏して、歓心を買えたと喜んでいるらしい。

浅ましい皮算用に気付かぬほど、家斉は愚かではなかった。

「されば、門はどうだ」

「……上様？」

輪次郎が頭を下げたままで息を呑む。

構うことなく家斉は言う。

「播磨が屋敷は済ませたのであろ？　さらば次は肥後と出羽だの。あれでも出羽は大名なれば屋敷の護りは固いはずじゃ。さぞ攻めごたえがあるだろうよ」

「上様、御戯《おたわむ》れは御勘弁願い上げまする」

「戯れに非ずと申さば、何とするのだ？」

「御無礼ながら苦言を申し上げねばなりますまい」

「ほう」

「御畏れながら、上様は雑魚《ざこ》どもに甘うございますれば」

「それは、播磨のことを申しておるのか」

「肥後と出羽も同じにございまする」

「左様か」

「いずれも取るに足らぬ小物にございましょうぞ」

「小物はうぬぞ、下井」

「上様」

「未だ官位も持たぬ身で、人様の受領《ずりょう》銘を略すでない」

「それはとんだ御無礼を……」

輪次郎の声が低くなった。

非礼を詫びているとは思えない。

陽気な雰囲気が失せたのみならず、心なしか圧まで帯びている。

徳川の禄を食む身に許されざる態度と、言わざるを得まい。

若様の目が細くなる。

菊千代が思わず前に出ようとした。

血気盛んな少年を押しとどめ、若様は進み出る。

すでに輪次郎は許しも得ずに顔を上げ、家斉を睨めつけていた。

「御戯れは程々に願い上げまする、上様」

「笑止《しょうし》ぞ、下郎《げろう》」

臆することなく、家斉は嗤《わら》う。

「されば、その下郎が腕を御試しくだされ」

「余に相手をせよと言うておるのか？」

「御幼少のみぎりには、毎日のことでございました故」

「ふっ、他に誉れがないらしいの」

「上様が御見捨てになされたが故にございまする」

「それを逆恨みと申すのだ、阿呆《あほう》」

家斉の煽《あお》りが効いてきたらしい。

輪次郎の殺気が膨れ上がった。

「出合え！」

「出合え!!」

小姓たちの慌てた声が上がる中、輪次郎は鯉口を切る。

しかし、刀身が露わになるには至らなかった。

若様に制されたのだ。

「放さぬか、坊主っ」

柄《つか》の上から手首の関節を極められ、輪次郎が動くのは口ばかり。

その語気も、先ほどまでとは違って弱々しい。

「皆さんは若様と呼んでくださいます」

「ほざくな痴れ者っ」

輪次郎が怒号と共に跳び退《すさ》る。

若様も抗うことなく跳躍《ちょうやく》した。

振り払ったと思い込み、輪次郎が再び鯉口を切る。

鞘を引いての抜刀だ。

抜き打ちの一刀が、金属音と共に逸《そ》らされる。

現れたのは壮平だった。

体の捌きで抜き打つ刀で、剛剣を凌いだのだ。

「おのれ」

返す刀を閃《ひらめ》かせ、輪次郎が斬りかかる。

壮平は無言で前に出た。

気合いも発することなく間合いを詰め、袈裟《けさ》斬りを受け流す。

弾みで体の軸を崩され、輪次郎はよろめいた。

その内懐に、ずいと入り込んだのは十蔵。

「おらっ」

投げを打たれた輪次郎は、どっと庭地に叩き付けられた。

「そのほうらは町方だの？」

「北の八森でございやす。勝手に入り込んじまって申し訳ございやせん」

「同じく和田にござり申す。御無礼の段、平に御容赦のほどを……」

家斉に問われて答える二人は黄八丈の着流しに黒紋付。捕物装束ではなく廻方同心の装いで推参《すいさん》したのは、せめてもの礼儀であった。

「苦しゅうない。そのほうらの名は聞いておるぞ」

「ほんとでございやすかい」

「ははは、まことぞ」

思わず顔を上げた十蔵に、家斉は機嫌よく微笑んだ。

「そのほうが家紋、まことに対《つい》のヤモリであるのだな」

「左様でございやす。本字《ほんじ》は宮を守るだそうで」

「まさに守宮《やもり》か。縁起の良きことぞ」

「恐れ入りやす」

流石に恐縮している十蔵に続き、家斉は壮平に顔を向けた。

「苦しゅうない。面を上げよ」

いきり立つ小姓たちを目で制し、続けて命じる。

「されば、仰せのままに……」

神妙に答えた上で、壮平は平伏していた体を起こす。

「ふむ……余には及ばぬが、なかなかの男前だの」

「滅相もござり申しませぬ」

「まことでございまするぞ父上、御冗談も程々になされませ」

困惑する壮平を助けたのは菊千代だ。

「苦しゅうない。良きに計らえ」

子どもらしい菊千代の切り返しに、家斉も決まり文句で応じてやる。

三人がかりの捕物は、もとより家斉が望んだこと。

南北の町奉行たちを通じ、あらかじめ命じておいたのだ。

臆面もなく自ら売り込みにやってきた輪次郎は、切腹も許されずに死罪。

中野家の屋敷から強奪し、屋敷の女中頭に隠させた一物と一文は鎮衛と正道が自ら乗り込んで取り返した。罪一等を減じられた女中頭は三宅《みやけ》送りに処されるも、苛酷《かこく》な流人《るにん》の暮らしを熟れた女体を武器に乗り切っているという。

「やっぱり女は化けもんだなぁ、壮さん」

「しっ、声が大きいぞ」

噂を聞いた十蔵がぼやくのを、壮平は慌てて黙らせた。

第十一章　若きも老いも

一

文化九年の水無月も今日が限りであった。

今年の水無月の晦日は、洋暦の八月六日。

明日から始まるのは文月だ。

暦の上では秋に入ったものの、夏の暑さはしばらく残りそうである。

夜が明けてから二刻（約四時間）ほどの日差しは、とりわけ強い。洗濯物が早々に乾くのは有難いことだが、出かける上では辛いものだ。

「ひと雨欲しいなぁ」

不謹慎な愚痴がお陽《よう》の口を衝《つ》いて出たのは万年橋《まんねんばし》を渡って小名木川《おなぎがわ》を越え、新大橋《しんおおはし》の東詰めに出た時のことだった。

涼を誘う夕立も、豪雨となれば出水《でみず》を招く。

今年の梅雨は雨量が多く、関八州の各地で河川の氾濫《はんらん》が相次いでいた。

江戸で暮らすお陽たちも、安穏《あんのん》としてはいられない。

華のお江戸は大川《おおかわ》に繋がる運河が縦横《じゅうおう》に巡らされ、物流に船を活用することで発展してきた水の都だ。

梅雨の長雨の影響により、水位は確実に上がっている。

更に増水して氾濫すれば、お陽の家業も危機に瀕《ひん》する。

東国一の大河である利根川《とねがわ》に江戸の大川、そして武蔵《むさし》の地を流れる多摩川《たまがわ》。いずれも銚子屋の商いに欠かせぬ物流の要《かなめ》だが、客に大事な荷を届ける前に水浸しにされてしまっては元も子もない。

全て自然の理《ことわり》とはいえ、気安く降って欲しいと願ってはなるまい――。

「くわばら、くわばら」

災厄除《さいやくよ》けのまじないを唱えつつ、先を急ぐお陽は今年で十九。

大川の東岸に広がる深川の地で生まれ育った、元気で勝気な小町娘である。

家は深川の佐賀町《さがちょう》で三代続いた干鰯《ほしか》問屋で、屋号は銚子屋。

水揚げした鰯《いわし》から余分な油を取り除いて天日で乾燥させた干鰯は、金肥《きんぴ》と呼ばれる高級肥料だ。お陽の曽祖父である銚子屋の初代のあるじは古来より漁業で栄え、鰯が豊富に獲れることでも有名な、銚子の漁師の倅であった。

裸一貫から財を成した曽祖父が郷里の名前を屋号にしたのは伊達ではなく、銚子の産であることを生涯誇りにしていたが故のこと。

お陽が生まれる前に亡くなった曽祖父の誇りは祖父の二代目から、三代目を継いだ父の門左衛門へと受け継がれた。

今でこそ真面目一方な門左衛門だが若い頃は遊び好きで、酒色遊興《しゅしょくゆうきょう》が過ぎて勘当《かんどう》をされた身だ。懲らしめのために送り込まれた銚子では重労働の干鰯作りばかりか鰯漁にも駆り出され、乳母日傘《おんばひがさ》で育った甘さと愚かさが骨身に染みたという。銚子屋の商いを支えてくれる鰯は宝であり、一匹たりとも粗末にしてはならないと肝に銘じたのは勘当を解かれ、江戸に戻って嫁取りをした後のことだ。

所帯を持った門左衛門は、綺麗どころの玄人女《くろうとおんな》には見向きもせずに女房一筋。お陽をめでたく授かった。その恋女房に先立たれた後は男手一つでお陽を育て、読み書きに増して商いに大事な算勘《さんかん》を学ばせた。

齢を重ねた門左衛門が望むのは、若様を四代目として婿に迎えることだ。

店の最寄りの永代橋《えいたいばし》下で行き倒れになりかけた若様を介抱し、銚子屋の客人として身柄を引き受けたのは、一昨年の霜月《しもつき》のこと。

季節が巡って秋から冬に至れば、若様との付き合いも満二年となる。

南町奉行所の番外同心、そして清水家の御指南役という御役目も大事だが、銚子屋とお陽の将来についても、真剣に考えてほしい——。

それが男やもめのまま五十を過ぎた、門左衛門の切なる願い。

望むところはお陽も同じだ。

しかし若様は、未だ答えを出してくれずにいる。

強いては酷だということは、お陽も門左衛門も分かっていた。

寺育ちの若様は、経文と唐土渡りの拳法のことしか知らない。

元々は武家の生まれ、それもかなりの御大身らしいとあれば尚のことだ。

成り行きに任せていては埒が明くまいとお陽が焦り、芝居見物にかこつけて強引に迫ったのは拙かった。

その時の気まずさもあって、近頃は八丁堀の組屋敷に足を運んでいない。

若様に俊平、健作と男三人で暮らし始めた当初は炊事に掃除、洗濯と世話を焼いたものだが、今やお陽の出番はない。

俊平と健作が家事に慣れ、組屋敷で若様たちと共に暮らす新太と太郎吉、おみよの三人きょうだいも、手伝いを達者にこなせるようになってきたからだ。

番外同心の御役目で若様たちが組屋敷に戻れず、子どもだけで不用心な時は銚子屋で預かるのが常だったが、今はきょうだいが揃って入門した百香の私塾があるので大事ない。

百香が私塾を開くために間借りしている組屋敷は、北町奉行所の廻方同心で百香の従兄《いとこ》にあたる田山雷太の家である。その雷太が御役目で組屋敷に戻れぬ日は小者の仁五郎が番をしてくれる。雷太の祖父の代から田山家に仕えてきたという仁五郎は壮年ながら腕っ節が強く、女と子どもばかりで不用心になることはなかった。

若様は人に恵まれる質であるらしい。

銚子屋から離れても新たな出会いに事欠かず、番外同心の御役目に加えて清水家の御指南役という立場まで得るに至った。

それなのに、お陽との関わりは少なくなっていくばかり。

「…………」

実を言えば、お陽は怖かった。

若様の本音を知るのが怖かったのだ。

はっきりした答えを望むのならば若様を後見する鎮衛を通じて、正式に婿入り話を持ちかければよい。

江戸の司法と行政を預かる町奉行、それも北町より格上で責任も大きい南町奉行の鎮衛が、銚子屋の家付き娘を無下にすることはあり得ぬからだ。

若様を番外同心とすることを鎮衛が望んだ際、門左衛門はお陽と共に協力することを願い出ている。深川でも指折りの分限者である門左衛門は干鰯問屋に限らず、多くの人々と繋がりを持っているからだ。その協力を得られるのは、願ってもない朗報であったに違いない。

南の名奉行と呼ばれて久しい鎮衛の威光も、それまでは本所《ほんじょ》と深川にまで行き届き難かった。鎮衛に限らず、歴代の町奉行が難儀してきた現実だった。

江戸に幕府が開かれた後に誕生し、発展してきた町である。

海に面した湿地を埋め立てた地なのは八丁堀も同じだが、あちらは千代田の御城下にして将軍家の御膝下《おひざもと》だ。

対する深川は大川によって御城下と隔てられており、江戸の一部ではあるものの市中には含まれない。町奉行所に追われる悪党も深川に逃れれば安全、ということが以前は実に多かった。

門左衛門が鎮衛と良好な関係を保っている限り、そのような事態は防ぎ得る。
しかし、二人が決裂すれば元の木阿弥《もくあみ》。
鎮衛は銚子屋を無下には扱えない。
娘のお陽も同じであった。
「……だめよ、そんなの」
お陽はひとりごちると頭を振った。
恋の成就に親の力を当てにしては、深川小町の名前が泣く。
若様の答えは自ら訊き出すべきだ。
自力で頑張った結果であれば、恋に破れることになったとしても諦めがつく。
若様と話をしよう。恐れずに向き合おう。
誰が一番好きなのか、本当の気持ちを教えてもらおう——。

二

「お陽の奴、大丈夫かねぇ……」
歩き去るお陽の背中を見送って、俊平がつぶやいた。

太い眉をきゅっと寄せ、男臭い顔を歪めている。

「常にも増して思い詰めておるようだな」

傍らでつぶやく健作も案じ顔。

端整な顔に浮かべた表情は、竹馬《ちくば》の友の俊平に劣らず痛ましげである。

お陽を久方ぶりに見かけたのは、二人して探索に出向いた矢先のことだった。

鎮衛から命じられたのは、摂津《せっつ》尼崎《あまがさき》藩の下屋敷を探ること。

尼崎四万石を代々治める桜井《さくらい》松平家は十八松平でも名門とされる一族だが　泰平の世になると代々の当主が俳諧に凝り始めた。

七年前の文化二年（一八〇五）に亡くなった忠告《ただつぐ》もその一人で、かの松尾芭蕉《まつおばしょう》が庵《いおり》を構えた場所は身共が下屋敷内に相違ないと、在りし日に主張して止まずにいたものである。

この話の真偽を確かめよ、と二人は命じられたのだ。

いつもの荒事とは勝手の違う話だが、疎かにはできまい。

大名の江戸屋敷は上屋敷のみ、将軍家から無償で授けられる。

上屋敷は大名が将軍家に謀反を起こさぬ証しとして、正室と世子を住まわせるための場所。その代金を大名に負担させるわけにもいかない。

しかし、中屋敷と下屋敷は自費で賄《まかな》うのが当たり前。

大名たちの間には隠居した前代の当主が国許に帰ることなく中屋敷で余生を過ごす

一方、別荘として下屋敷を購入する習慣が広まって久しい。

その点、尼崎藩の下屋敷は高値が望める物件だった。

大川に小名木川と二本の川を間近に臨む環境で、交通の便にも恵まれている。

その上に芭蕉庵の跡地とあれば、更に高値で売れるはず。

家中の財政苦しい尼崎藩としては願ったり叶ったりだが、この手の物件には悪しき

輩が首を突っ込んでくることが多いものである。

口銭《こうせん》という名の仲介手数料をふんだくるために、あることないことを買い手に吹き

込まれて、後で嘘八百と発覚しても手遅れだ。

「芭蕉の捨てた草鞋《わらじ》ってやつは真っ赤な偽物だったわけだがよ、またぞろ妙な代物を

持ち出す野郎が居るんだろうな」

「尼崎の今の殿様は若年《じゃくねん》なれば、いつ騙されるか分からぬ……。お奉行がご懸念《けねん》も

ごもっともというものぞ」

「とにかく目を光らせるしかあるめぇよ」

「そういうことだな」

俊平と健作は声を潜めて語り合いつつ、尼崎藩下屋敷の監視を続けた。

この下屋敷が在る場所は新大橋を東に渡ってすぐ右手の小名木川沿いで、万年橋も程近く、登城前の鎮衛に呼び出されて話を聞いた二人は数寄屋橋から神田《かんだ》、浜町《はまちょう》河岸と来て新大橋を渡り来た。

万年橋の袂ではお陽と危うく鉢合わせをするところだったが、気付かれることなく行ってしまったのは幸いだった。

「あの様子じゃ、悩みの種は商いのことだけじゃあるめぇ」

「うむ……十中八九、若様ぞ」

「ここんとこ八丁堀に面ぁ見せなかったのも、そのせいだろうよ」

「若様の朴念仁《ぼくねんじん》ぶりは筋金《すじがね》入りである故な……」

番外同心の御役目はもとより大事だが、お陽のことも気にかかる。

努めて監視に集中しながらも、募る不安を否《いな》めぬ俊平と健作であった。

三

お陽は二人に気付くことなく、黙然と歩みを進めていた。

新大橋の東詰めを抜けた先に、一本の通りがある。

右手に建ち並ぶのは御籾蔵《おもみぐら》。

一棟ずつ増えていく蔵の中には、凶作に備えた救荒米《きゅうこうまい》が備蓄されている。

蔵を建て増しする費用も、米を調達する代金も、松平越中守定信が老中首座だった当時の幕政改革で始まった、七分積金《しちぶつみきん》が財源だ。

江戸では地主が納税の義務を負い、町入用《ちょうにゅうよう》と称する税金を徴収された。町入用とは名前のとおり江戸の町の運営に関わる諸費用を賄う税金で、組まれた予算を毎年使い切るよりも可能な限り節約することが重んじられた。

定信は町入用の節約分から二割を地主に割り戻し、一割は予備費に算入させ、残る七割を有事に備えて積み立てさせた。これが七分積金である。

長屋住まいの町人には知る由もない話だが、お陽は委細を承知している。

銚子屋は少なからぬ額の町入用を毎年納める立場。

今は門左衛門が担ってくれているが、いずれお陽は後を継がねばならない。

そのためには、どうしても婿が必要だ。

相手は若様しか考えられない。

答えを早く知りたいが、断られたら目も当てられまい——。

「おや、お陽さんじゃないか?」

思い悩むお陽の耳朶《じだ》に、呼びかける声が聞こえた。

「久しぶりだね。元気だったかい?」

快活に呼びかけながら歩み寄ってきたのは若い男。

すらりと背が高く、顔立ちも良い。

涼しげな縮《ちぢみ》の単衣をさらりと着こなす、見るからに容子《ようす》のいい青年であった。

しかし、対するお陽は渋い顔。

可憐な顔を歪めて見返す様は、相手に対する嫌悪に満ちていた。

そんな態度を気にすることなく、男はお陽の前に立つ。

にやにやしながら視線を向けてくるのが嫌らしい。

とはいえ、黙ったままでは埒が明くまい。

やむなくお陽は口を開いた。

「……どうしなすったんです、吉太郎《きちたろう》さん」

「いつものことだよ。御籾蔵の見廻りさね」

笑顔で答える吉太郎は、蔵前の札差《ふださし》の跡取り息子である。

年は当年取って二十二。お陽より三つ上。

子どもの頃から器量よしで知られたお陽を気に入って、幾度断られても縁談を持ち込むことを繰り返している男だ。

今日もお陽が出かけたのを目にして、後を追ってきたらしい。

今に始まったことではなかった。

小町娘のお陽に惚れ込む男は五人や十人では利《き》かないが、吉太郎ほどのしつこさで付きまとう輩は他にはいない。

吉太郎は深川佐賀町に一軒の店を持っている。

客が持ち込む玄米を精白し、白米にする搗米屋だ。

親許から離れて自立するために構えた店ではない。

お陽を一日じゅう見ていたいが故に買収しただけだ。

商いに身を入れながらのことならば、まだ許されよう。

しかし吉太郎は何もせず、通いの番頭に全てを任せきり。

もとより儲けなど出さずとも、食うに困らぬ身の上である。

それにしても御籾蔵の見廻りとは、ふざけた言い訳をするものだ――。

「おかしなことを言いなさるのね、吉太郎さん」

「えっ、何がおかしいいんだい？」

「お見廻りなら町方のお役人がしていなさるでしょうに、何でまた」

「あたしの店は昔から白河様のお屋敷にお出入りを願っているんでね。どうしたって気にかかるんだよ」

わざとらしく問うたお陽に、吉太郎は平然と答えた。

もちろん、その「店」というのは父親が営む札差のことだ。

両国橋より上流の大川の西岸には、御公儀の御米蔵が在る。

諸国の天領から船で運ばれてくる年貢米を保管し、蔵米取りの旗本と御家人に俸禄として現物支給をするための施設である。

その蔵米を現金に換える手続きを代行するのが札差で、当初はわずかな手数料だけしか儲けの出ない生業だったが、顧客の旗本と御家人に金を貸し付け、蔵米を担保《たんぽ》とすることが合法化され、一気に分限者に成り上がった。

古来より武家では銭勘定を軽視する向きがあるのを札差は逆手に取り、貸し付けた額より遥かに多い担保をせしめる。そうやって濡れ手に粟《あわ》の如く手にした金を旗本と御家人に貸し、無知を幸いに更なる担保を取っていた。

そんな札差の所業が罷り通った結果、多くの旗本と御家人は蔵米を手にすることができなくなった。何年も先に受け取る分まで担保にされてしまったからだ。

札差は御米蔵に保管されている分だけではなく、これから実り、収穫される分まで未然に差し押さえ、売り買いする権利を得ていたわけである。

故に吉太郎は、こんなことも言えるのだ。

「お前さんも知ってのとおり、御籾蔵ん中の米はあたしら札差も手を出せない、華のお江戸の命綱だ。越中守様は、ほんとに先見《せんけん》の明《めい》のあるお方だよ」

「…………」

たしかにそのとおりではある。

定信は政敵の田沼主殿頭意次を非情に追い込む一方、敵の失策を自身の教訓として活かした。

意次の失脚を招いた天明の打ちこわしは、市中の米不足が発端であった。

食料不足は民心を動揺させ、暴動を招く。

仏蘭西《フランス》で王制が打倒される革命にまで発展した、軽視できかねる問題だ。

定信はカピタンから幕府に提出される風説書《ふうせつがき》を閲覧し、この奇しき事実を把握していたという。

仏蘭西では金貸しの組織が幅を利かせる一方、王侯貴族の間でも金銭の貸し借りが罷り通り、王妃までもがカモにされたことを知っていたのだ。

同じ所業を日の本で横行《おうこう》させてはなるまい。

故に定信は老中首座だった六年の間に、経済についても可能な限り手を打った。

流石の札差も、御籾蔵の救荒米を差し押さえることは叶わない。

客の旗本や御家人は好きにできても、将軍家にまでは強気に出られない。

吉太郎も内心では、さぞ腹立たしいことだろう。

しかし、今はお陽を何とかするのが先らしい。

「まぁ、難しい話はこのぐらいにしておこうかね」

「あら、まだ何かお話があるんですか」

素っ気なく答えるお陽は、吉太郎の実態を知っていた。

見た目こそ爽《さわ》やかそのものだが、腹の底まで腐った男だ。

弄《もてあそ》んでおいて捨てた女の数知れず、赤子を孕んでも二度と相手にしない。

左様な次第となれば女医者と呼ばれる中条流《ちゅうじょうりゅう》の医者を頼るより他にないが、当時の堕胎《だたい》は出産に増して危険を伴うため、命を縮めた娘は一人や二人ではなかった。

相手の親兄弟も泣き寝入りをするばかりではないが、未だ吉太郎が御縄を受けたことはない。腕利きの公事師《くじし》が付いており、実態は強姦《ごうかん》されたも同然であったというのに双方が合意の上で同衾し、遺憾ながら不幸な結果になったという体《てい》にされ、常に示《じ》談《だん》にされてしまうからだ。

同じ町内に住んでいて、噂が耳に入らぬと思っているのだろうか。恥を知っているのなら、お陽に言い寄ることなどできないはずだ。

「お話はそれだけですか？」

「何だい、もうちっと愛想があってもいいじゃないか」

つっけんどんに告げたお陽に、吉太郎は眉を顰《ひそ》めた。

すかさず前に進み出たのは、お付きの手代の二人組。

外出する際、常に付き従う男たちだ。

共に腕が太く、足腰も引き締まっている。

米問屋に奉公すれば、自ずと体は鍛えられる。小僧から手代に格が上がる頃には俵の一つや二つを担ぎ上げるぐらいは雑作もない。

しかし、この二人はただの手代ではなかった。

「お嬢さん、ちょいと若旦那に無礼が過ぎますよ」

「あっしらにも、立場ってもんがありますんでね」

お陽に向かって告げる態度は慇懃《いんぎん》無礼《ぶれい》。

もとより敬意など抱いていないのは、元は二本差しだったが故だ。

「おいおい、六《ろく》さんも八《はち》さんも言い過ぎだよ」

吉太郎が苦笑交じりに口にしたのは二人の通称。

浅野六郎《あさのろくろう》に林八太《はやしはった》。

共に吉太郎の父親が雇い入れた用心棒である。

札差稼業に荒事は付き物だ。

銭勘定に疎いが故に札差の台頭を許し、前借を重ねることで体面も何もなくなった旗本と御家人だが、彼らも大人しくしてばかりはいない。

算盤《そろばん》が達者な上に腕っ節も強い、蔵宿師《くらやどし》と呼ばれる男たちを雇って札差の店に差し向け、不当に取られた利子や担保を取り返すことが普及しつつある。

算盤には算盤、力には力。

もとより札差は勘定の玄人である。

腕の立つ用心棒さえ雇えば鬼に金棒だ。

札差衆の中でも阿漕《あこぎ》なことで知られる吉太郎の父親が見込んだだけに、六郎と八太はかなりの強者。捕まってしまえばお終いだ。

「誰か……」

お陽は堪らず声を張り上げようとする。

そこに不機嫌な声が割って入った。

「もう、いつまで待たせるんだい！」

怒りながらも艶っぽい声の主は、廻り髪結いのお波だ。

通りすがりに芝居を打ってくれた——のではなかった。

お陽がここまで足を運んできたのは、お波の呼び出しを受けてのこと。

待ち合わせの場所に姿を見せなかったため、わざわざ探しに来てくれたのだ。

吉太郎はもとより、六郎と八太も馬鹿ではない。

下手な芝居をしたところで見破られ、お波まで連れ去られてしまっただろう。

しかし、人は事実を口にした時ほど強気に振る舞える。詐欺を働く輩が適度に真実を織り交ぜるのもそれ故だが、お波が口にしたのは全て真のことだった。

「お陽さん、あたしはあんたと若様のためにわざわざ来てやったんだよ」

「わ、分かってるわよ」

「だったら長いこと待たせるもんじゃないわよ。もう！」

呆気《あっけ》にとられた吉太郎たちを意に介さず、お波はまくし立てた。

「今日はあたしだけじゃなくて桜《さくら》も呼んであるんだよ。桃《もも》と梅《うめ》はおまけみたいなもんだから、気にしてくれなくてもいいけどさ」

「えっ、おちびさんたちも一緒なの？」

「あの子たちも、若様のことが大好きだからねぇ」

「そんなの知らなかったわよ……」

「だからあんたは甘いのさ。恋の敵は例のお姫様だけじゃないんだからね！」

お陽は思わず黙り込む。

口を封じられたのは吉太郎も同じであった。

剣呑な雰囲気を醸し出していた六郎と八太も、手をこまねいている。

生じた隙をお波は逃さず、ぎゅっとお陽の手を握る。

「埋め合わせに勘定はぜんぶ持ってもらうよ。さぁ！」

告げると同時に駆け出したのを、男たちは茫然と見送った。

「おい、逃げちまったぞ！」

吉太郎が叫んだ時はすでに遅く、二人は御船蔵《おふなぐら》の先まで逃げ延びていた。

大川に面した左手の一帯を占める御船蔵は、かつて将軍の御座船《ござぶね》として有名だった安宅丸《あたけまる》を格納するために造られたものである。

三代将軍の家光が欲し、完成させた安宅丸は海戦での運用にも耐え得る堅牢《けんろう》な船であったが、泰平の世には無用と見なされ、五代綱吉の意向により解体されて久しい。

他にも将軍家の所有する複数の船が係留されているが、将軍が船に乗る折など滅多になく、浜御殿への御成をこよなく好む家斉も池泉《ちせん》で小船遊びに興じる程度だ。贅を尽くした古《いにしえ》の船々も宝の持ち腐れだが全て廃棄するわけにもいかず、高価な船飾りは盗人に狙われやすいため、常に番士が目を光らせている。

御籾蔵にも番をしている小者が居たため、吉太郎はお陽に話しかけながら見咎められぬように間合いを取っていたが、同じ真似は通用すまい。女二人で駆け去ったのを大の男が三人連れで追いかければ不審に思われ、下手をすれば問い質される。

「くそあまどもめ、この俺を甘く見やがって」

つぶやく吉太郎の目はぎらついている。

昼下がりの明るい空の下、悪しき本性が剝き出しになっていた。

四

道なりに駆け走る内に、お陽とお波は一つ目の橋の袂に至った。

下を流れる運河は堅川《たてかわ》である。

江戸の運河は大川に繋がる河口が下流に近くなるほど、潮の満ち引きの影響を受けやすい。堅川もそうした運河の一本で、今は午《ひる》を過ぎて潮が引いているため水位が低くなっていた。橋の支柱の下にへばりついたままの貝の一群が、引き潮であることを無言の内に示していた。

お陽の立った位置から見て、堅川の流れは右から左。

大川に繋がる河口から大横川《おおよこがわ》との合流域に至るまでの一帯には、三本の橋が架けられている。

河口に近いのが一つ目の橋で、大横川寄りが三つ目の橋だ。間に位置する二つ目の橋に連なる道は、後の世に都営大江戸線《とえいおおえどせん》が地下に通じた清澄《きよすみ》通りだ。

「こっちよ」

お波はお陽の手を引いて、一つ目の橋を渡る。

たちまち行き交う人が多くなった。

それもそのはずである。

一つ目の橋の先の通りは、回向院《えこういん》の門前町《もんぜんまち》だ。

当時の回向院は大川に面して表門が設けられ、両国橋を西から東へ渡って参詣する形となっていた。

お波がお陽を引っ張って罷り出たのは、まさにその表門前。

「おーい！」

「こっち、こっち」

門前の水茶屋から呼びかける、無邪気な声が聞こえてくる。

声の主は二人の少女。

お波がかつて身を置いていた、女軽業一座の子どもたちだ。

声を張り上げる少女たちには、一人の娘が付き添っていた。

人呼んで小桜《こざくら》太夫。

女軽業一座の座頭にして看板娘は、若様に想いを寄せる仲間の一人。

有り体に言えば恋敵同士だが、お陽を呼んだのは喧嘩をするためではない。

この場を設けたお波も先刻承知のことだった。

「さ、まずはお座りな」

お波に勧められるがままに、お陽は腰を下ろした。

日除《ひよ》けの葦簀《よしず》の下に床几《しょうぎ》が並び、煙草盆が置かれている。

水茶屋の客の多くは男である。

故に見目良き娘を茶汲みに雇い入れ、看板娘にして人気を集める。

さすれば鼻の下を伸ばして通ってくる男たちは引きも切らず、高い茶代はもとより心づけも惜しまない。

回向院門前の水茶屋で働く茶汲みの娘も、なかなかの美形である。

しかし、お陽たちと見比べられては分が悪かった。

「あはは、みんなこっちを見てるねぇ」

「恥ずかしいよう」

けらけら笑う小梅《こうめ》をよそに、小桃《こもも》は顔を赤くする。

小梅は丸顔で愛くるしく、小桃は面長で細面。

誰に対しても物怖じをしない小梅と違って小桃は普段は大人しいが、ひとたび舞台に上がれば度胸満点。幼いながらも二人揃って人気者の、一座に欠かせぬ存在だ。

そんな二人の姉代わりをしている小桜は、面倒見の良いしっかり者。実の姉の如く慕ってくる子どもたちはもとより、年嵩の座員たちの信頼も篤かった。

しかし、今日の小桜はいつもと違う。

安穏としていられないことが起きたからであった。

「よく来てくれたわね、銚子屋のお嬢さん……」

「陽でいいわよ」

「それじゃ、お陽さんって呼ばせてもらうわ」

挨拶を交わすや、小桜はずいとお陽を見返した。

「お前さん、若様のことが好きなんでしょ？」

「ちょっと、声が大きいわよ」

「そんなの気にしてるどころじゃないのよ」

「どういうこと」

「火元は例の姫様よ」

「柚香様がどうかしたのかい」

「縁談を持ち込みやがったのさ」

「縁談⁉」

口を挟んだお波の一言に、お陽の声が高くなった。

もとより小桜は気にしていない。

「南のお奉行が若様の後見をしていなさるって聞いてのことらしいよ」

「そんな、勝手な！」

お陽にしてみれば、そう言いたくなるのも当然だ。

若様の人別（戸籍）は、未だ銚子屋の店子《たなこ》の扱いだ。

今や鎮衛が後見人として重きをなしているとはいえ、縁談を持ち込むなら相手は門左衛門であろう。

しかし、柚香はそうしなかった。

最初から聞く耳を持たないであろう門左衛門を避け、同じ武家でもある鎮衛に狙いを絞ったのだ。

お陽はお波に問いかけた。

「それで、誰が南のお奉行様に？」

「縁談を持ってった人のことかい」

「あ、当たり前でしょ」

まさか柚香が自ら出向いたわけではないだろう。

人吉藩の姫君とはいえ、柚香は隠し子。

実の父親である藩主の相良対馬守《つしまのかみ》頼徳《よりのり》は江戸参勤で国許から出てきているが、公の場では柚香を娘と認められぬはずだった。

とすれば、誰が縁談を持ち込んだのか。

「あんた、田代《たしろ》って爺さんを知ってるかい」

「姫様のお付きでしょ」

柚香の守役あがりの田代新兵衛《しんべえ》は、たしか国許に帰されたままのはずである。

「その爺さんが相良の殿様のお供をして、江戸に出てきたんだよ」

「そんな……」

「しかも独りじゃないらしいんだよ」

絶句したお陽に、今度はお波が告げてきた。

「相良様の上屋敷に上手いこと入り込めたんで、この話も探り出すことができたんだけどね、姫様にゃとんでもない助っ人が付いてるよ」

「だ、誰なの」

「田代の爺さんの奥方だよ。あんな婆さん見たことないや」

わななくお陽に向かって告げる、お波の声は震えている。

居並ぶ娘たちは分からぬことだが、着物の下に隠された尻は未だに腫れている。

人吉藩の上屋敷で見咎められ、思い切り叩かれた跡だった。

五

南町奉行所の役宅では、鎮衛が思わぬ客人に応対していた。

「お、お初にお目にかかり申す」

「こちらこそ、ご無礼ば許してくんしゃい」

下城したままの裃姿の鎮衛に向かって、その女人は深々と頭を下げた。

共に白髪頭を下げるのは田代新兵衛。

柚香を赤子の時から預かって、守り育ててきた忠臣である。

しかし連れの女人は、新兵衛以上の忠義者であった。

「肥前守しゃん、こん婆《ばば》のたっての願いば、どうか聞いてやってくんしゃい」

肥後のお国訛りをそのままに、縁談の受理を求める口調は歯切れよい。

それでいて、鎮衛もたじろぐほどの迫力があるのだ。

「ま、まずは面を上げられよ」

気圧《けお》されながらも鎮衛は促した。

応じて顔を見せたのは、皺だらけの老婆である。

その名は静江《しずえ》。

新兵衛の妻であり、柚香の母親代わりであった。

「静江殿、でよろしゅうござるか」

「婆でよかとです」

「されば婆殿、まずは身共の話を聞いてくれぬか」

「左様にせんか、静江。しおらしゅうすったい」

口を挟んだのは新兵衛だ。

相良忍群の副頭領として配下に睨みを利かせ、老いたりといえども腕の立つ老練の士が、見るからに気圧されている。

長きに亘って連れ添った良人でも、静江のことは怖いらしい。

そんな二人が主君の頼徳と共に江戸に下ったのは、柚香の身を案じてのこと。

一大決心を以て挑んだ、お美代の方こと桔梗の成敗に失敗した柚香は帚木の計らいによって、大奥警固の任を解かれた。

同時に相良忍群の女頭領としての立場も失った柚香は配下と共に寄宿していた御用屋敷から出され、人吉藩上屋敷に身を寄せていたのである。

かかる状況を新兵衛が知ったのは、配下が書き送った知らせを受けてのこと。

どこにも居場所がなくなった柚香を見殺しになどできない新兵衛は、当初は独りで江戸に下る所存であった。

しかし、静江の目を盗むことは無理だった。

「しおらしゅうせい？　誰に向かって物ば言いよっと？」

「し、静江」

ぎろりと睨む眼光に、新兵衛は震えあがる。

静江は女だてらに刀取る身で、タイ捨流《しゃりゅう》の腕前は良人の上を行く。守り役にして指南役でもあった新兵衛の不足を補い、柚香を鍛え上げたのも静江であった。

しかし、新兵衛にも沽券《こけん》というものがある。

まして鎮衛が見ている前で、妻女に怯えっぱなしでは居られない。

「何事も姫《ひい》様の御為《おんため》たい。大人しゅう肥前守様のお話ば傾聴せんか」

「……分かったばい」

未だ気色《けしき》ばむ静江だったが、抗うことなく口を閉ざす。

その機を逃さずに鎮衛は言った。

「身共はあの者の後見と申せど、更に付き合いの長き者が居り申す」

「それは銚子屋とか言いよる、商人《あきんど》のことですばい？」

「左様」

「そげんもん、気にせんでよかとですばい」

「お言葉なれど、銚子屋はただの商人ではござらぬぞ」

「肥前守しゃん、お心得違いはいかんとですよ」

静江は不敵な笑みを浮かべて言った。

「商人でん職人でん、そげんことはどうでもよか。もちろん相手が士分に非ずと貶《けな》すつもりもなかですたい」

「されば何故、相手にせぬと?」

「そん銚子屋の娘も、若様んことを狙うとるからです」

「…………」

鎮衛は新兵衛に視線を向けた。

「……田代殿」

「も、申し訳ござらぬ」

「何も謝ることはなか」

弱気な良人にぴしゃりと告げるや、静江は鎮衛に向き直った。

「お答えを、今すぐ寄越せとは申しませんたい」

「……それは痛み入り申す」

「じゃっどん、長くは待てんと」

「む……」

「若様によろしゅう伝えてくんしゃい」

真っ向から見据えて告げる、静江の態度は堂々たるもの。

さしもの鎮衛も腰が引けぬようにするだけで精一杯であった。

それでも一つ念を押したのは、直感が働いたが故のこと。

「して、柚香殿は何処に居られるのか」

「ご心配には及ばんですたい」

静江はにっこりと笑って言った。

「若様んお屋敷にお連れもしたとです」

「何と？」

「姫様んことば安心してお任せでくっお人は、他に居らんとですたい」

「されば、まことに組屋敷に……」

鎮衛は慌てて腰を上げる。

静江の攻めは予想を超えていた。

縁談を持ち込む前に当の本人同士を引き合わせ、そのままにしてくるとは——。

六

八丁堀の組屋敷では、若様が困惑を隠せずにいた。

やむなく迎えた柚香を前にして、一言も発せない。

「ど、どうぞ」

代わりに茶を運んできたのは新太である。

「そ、粗茶でございまする」

もとより無口な少年だが、今は口数が多かった。

若様の分まで頑張らねばならないと思っているのだろう。

「かたじけない……」

新太に礼を述べる柚香もまた、ぎこちない。

俊平と健作が不在の組屋敷に居合わせたのは、若様と三人きょうだいのみ。太郎吉とおみよは隣の和田家に預けてきたが、あちらはあちらで問題が出来《しゅったい》しているようであった。

　壮平はかつてない緊張を覚えていた。

「和田、おぬしの存念をしかと聞かせよ」

「………」

　無言で平伏したまま、微動だにできずにいる。

　上座に居るのは定信だ。

　あり得ない光景だった。

　隠居とはいえ十一万石の大大名、それも徳川宗家に連なる人物が町方同心の組屋敷を訪れることはない。

　そうせざるを得ぬ事態が出来したため、やむなく足を運んだのだ。

「落ち着いてくだせぇやし、越中守様」

　堪らずに口を挟んだのは十蔵だ。

　御役目どころではないとあって、壮平と共に北町奉行所を早退したのである。

「黙りおれ、八森」

　定信はじろりと十蔵を睨みつける。

　その上で、大事なことを言い添えることは忘れなかった。

「いまはただの楽翁じゃ。間違えるでない」

「へ、へい」

十蔵はやむなく平伏する。

定信が壮平を訪ねてきたのは外聞が憚られる、さる事態を受けてのことだった。

「和田、存念は如何に」

「……謹んでお答え申し上げまする」

重ねて問われた壮平が、意を決した様子で面を上げた。

「御畏れながら、その儀は間違いございませぬのか」

「むろんじゃ。当家の奥医師にも診立てをさせた故、間違いなきことぞ」

「さればまことに、たえ子様はそれがしの子を」

「しっ、声が大きいぞ」

定信はすかさず注意を与えつつ、大きな目を巡らせる。

上座に着かされた座敷に居るのは、壮平と十蔵の二人のみ。

和田家の小者をしているという大男は、十蔵が外に出した。

壮平の妻女は茶を供して台所に引っ込んだが、先程から板戸の向こうで息を潜めて様子を窺っていた。

全て聞かれているにせよ、この顔ぶれならば口外されることはあるまい——。

「しかと聞くがよい、和田」

定信は壮平を見据えて言った。

「おぬしが孕ませしおなごは身共が妹……福井三十万石を治めし松平越前守殿が正室付きの任に在る。それが事もあろうに子を宿し、もはや流すも叶わぬ有様となりし責を如何にして取ると申すか」

それは壮平が恩師の工藤平助の四女である、たえ子と密かに結んだ関係の成せる業であった。

たえ子は福井藩上屋敷の奥向きで働く身。ただの奥女中より格の高い、藩主の正室――定信の妹である定姫付きの立場だった。

そのたえ子が、壮平の子どもを宿したのだ。

最後に関係を持ったのは、去る師走のことである。

その時に宿した種が、人目を忍べぬまでに大きくなったのだ。

未だ露見していないのは、定姫の配慮があってのこと。

その配慮を以てしても隠し通すのが難しくなったため、定姫は兄の定信に話を打ち明け、協力を求めたのだ。

相談を受けた定信にしても、余人に明かせることではない。

故にお忍びで八丁堀へ赴き、一の腹心である水野左内さえ同行させることなく壮平を呼び出し、問い質すに至ったのである。

「…………」

しばしの間を置き、壮平は言った。

「……申し上げてもよろしゅうございまするか」

「聞こう」

許しを与えた定信に、ひたと壮平は視線を向ける。

故に定信は口を閉ざし、黙して耳を傾けた。

柔術を長きに亘って修行してきた定信の耳は、木耳《きくらげ》の如く歪んでいる。

もとより人目に晒して恥じることのない、努力と研鑽《けんさん》の証しであった。

その耳朶を、真摯な響きの声が打つ。

十蔵も初めて耳にする、不退転《ふたいてん》の決意を込めた宣言だった。

「お聞き届けいただけるとあらば、引き取らせていただきとう存じまする」

「おぬしの子と認め、この家《や》にて養育すると？」

「左様にござり申す」

「二言はあるまいな」

「伏してお願い申し上げまする」

「……よかろう」

告げる口調は穏やかであった。

もとより定信に子を堕ろさせるという考えはない。

それは二十代の若さで白河十一万石を治め始めた頃から揺るがない、信念あってのことだった。

「か、かたじけのうござり申す……」

壮平は礼を述べるなり、堪らずに前にのめった。

張りつめた緊張が解けたのだ。

「壮さんっ」

「お前様！」

すかさず飛び出す十蔵に続き、志津も板戸を開きざまに躙《にじ》り寄る。

良人を十蔵に託し、志津は定信に向かって頭を下げる。

「越中守様、ご無礼の段を平にご容赦願い上げまする」

「楽翁じゃ」

定信は咎めぬ代わりに、一言注意を与えたのみ。

それに応じて志津は言った。

「こたびのお計らいに衷心より御礼を申し上げまする」

「左様か……」

応じる定信の声は、穏やかさを増していた。

志津が心から喜んでいるのを見て取ってのことである。

壮平がしでかしたことは度し難い。

されど、腹に宿りし子に罪はない。

工藤家では唯一の男子だった源四郎《げんしろう》が五年前に亡くなっていた。

その時にこたびの事態が出来したのであれば、工藤家の跡継ぎとして活かすこともできたのだろうが、すでに工藤家は絶えている。

壮平にとっては主筋の子なれど、松平越前守の正室付きというたえ子の立場がある以上、和田家の子として育てさせるのが賢明だ。

安堵した定信は、深々と息を吐く。

そこにけたたましい声が聞こえてきた。

「若さま！　若さまー!!」

ただならぬ様子を察し、十蔵が表に走り出る。

定信も放っておけずに後に続いた。

よろめきながら駆けてきたのは、丸顔の愛くるしい少女。

「小梅じゃねぇか。一体どうしたんだい」

「お、お姉ちゃんたちが……助けて……」

十蔵に向かって切れ切れに訴えかけながら、小梅は気を失った。

七

お陽は目を覚ました時、すでに日は暮れていた。

不意を衝かれて失神したまま、船に乗せられていたらしい。

「やぁ、気が付いたね」

吉太郎は傍らから明るく呼びかけてきた。

常にも増して、ぞっとするような笑顔であった。

「くっ！」

お陽は動くに動けない。

両の腕ばかりか、足首まで縛られていた。

お波と小桜の姿は見当たらない。

幼い二人はどうしたのか――。

「安心しな。子どもに酷い真似をする気はないよ」

吉太郎はうそぶいた。

「生憎《あいにく》と、八はそうじゃないけどねぇ」

「そんな……」

わななくお陽を、六郎がにやにやしながら見ている。

吉太郎の用心棒は一人で十分ということらしい。

「ははは、余計な心配をする暇はないよ」

吉太郎はお陽にのしかかった。

並走している屋根船からも悲鳴が聞こえてくる。

折悪しく、行き交う船の姿は見当たらない。

「若様！……若様ー!!」

堪らず叫びを上げたのと、屋根が突き破られたのは同時だった。

「がっ」

吉太郎が無様な呻きを上げる。

頭頂を打ち砕いたのは、屋根の上から突入しざまに若様が放った鉄拳。

躍りかかった六郎を、怒りの蹴りが吹っ飛ばす。

そのまま側面の障子を破り、六郎は大川に転がり落ちた。

「ありがと、若様……」

「無事で何よりでした」

破れた障子の向こうでは、いま一艘の悪しき屋根船が急襲されていた。

「船頭多くて山に登るってやつだなぁ」

「左様に申すな。娘らが無事で何よりであったぞ」

ぼやきながら十手を振るっていたのは十蔵と壮平だ。

小梅の決死の知らせを受けて、すんでのところで間に合ったのだ。

拿捕《だほ》された屋根船の中では、柚香が八太を殴りつけている。

静江と新兵衛も同行してのことである。

「こんびっちょども、二度とおなごば抱けんようにしてやるたい！」

怒号を浴びせつつ、八太の連れの地回りどもの股間を蹴りつけるのは静江。

「大事ない、大事ないぞ」

新兵衛は泣きじゃくる小桃を抱き上げ、好々爺らしく慰めていた。

八

毎年のことであるが、水無月の江戸は催事が多い。

朔日の山開きは、皐月二十八日の川開きと対《つい》になる行事。大川での船遊びが川開きの夜から始まるのと同様に、山開きで富士詣《ふじもう》でが解禁されるからである。人気の富士講に入って実際に登る者も増えたが、多くの者は市中各所の浅間《せんげん》神社に築かれた富士塚に登り、疫病除《やくびょうよ》けの麦藁《むぎわら》蛇を買い求めるので精一杯だ。

九日の鳥越神社祭《とりごえじんじゃまつり》、十五日の山王権現祭《さんのうごんげんまつり》に続くは土用《どよう》。鰻《うなぎ》で精を付けるばかりではなく滝行《たきぎょう》で無病息災を願い、焙烙灸《ほうろくきゅう》で病難を祓《はら》う。

そして水無月の晦日に恒例なのが夏越《なごし》の祓えだ。この半年の厄を祓い、残る半年を健やかに過ごせるように願って、明くる月を迎えるのである。

そして文月の江戸も、水無月に増して催事が多い。

文月七日の七夕《たなばた》は日が沈む前に井戸浚いを済ませ、夕餉に縁起物の素麺《そうめん》を手繰《たぐ》った後のお楽しみ。竹飾りを屋根に据え、色とりどりの短冊と飾り物が夜風に揺れる様を横目に天の川を見上げ、男女二人の神の逢瀬《おうせ》に想いを馳せる。

続く九日と十日は浅草寺《せんそうじ》の四万六千日。

ご利益にあやからんと出かけた勢いで吉原《よしわら》まで足を延ばす男たちも多いが、まずは七日の井戸浚いだ。

日が沈むまでに井桁《いげた》はもとより底まで掃除し、溜まったごみを取り除いたついでに落とし物も回収する。

若様たちの組屋敷でも、一同が総出で勤しんでいた。

浚う役目を買って出た若様は持ち前の身軽さを惜しみなく発揮し、落とし物を山ほど抱えて戻ってきた。

「この使い古《ふる》した房楊枝は沢井だな……嚙み癖で丸分かりぞ」

「じゃかましい。お前こそ始末に困った簪《かんざし》なんぞ放り込みやがって」

渋い顔でつぶやく健作に、俊平は負けじと憎まれ口を叩いている。

そして七夕が明けた文月八日は、若様の父――徳川重好の本命日。

若様は清水家を訪れ、菊千代と共に位牌へ向かって祈りを捧げた。

それは若様が初めて行った、誰が自分の父親なのかを知るに及んだ上での供養。

続く盂蘭盆会《うらぼんえ》では、重好に加えて小巴《こどもえ》――母のこともねんごろに弔《とむら》った。

九

文月を迎えた江戸は変わらず暑い。

されど菊千代は稽古を望んでやまない。

少年のやる気に応え、今日も若様は清水屋敷へ足を運んだ。

いつもと違うのは、柚香が同行していること。

悩める心が生んだ生き霊《いりょう》ではない。

若様を愛する一人の女人として、そして清水徳川の若き当主への指南を補佐するに不足のない手練としての、誰憚ることなき同行だった。

柚香と菊千代が対面するのは、今日が初めてである。

「柚香と申しまする。何卒よしなに御取り計らいくださいますよう」

「菊千代じゃ。こ、こちらこそ、よしなに頼むぞ」

挨拶を交わす菊千代の態度はぎこちない。

話に聞いた以上に柚香が美しかったからである。

のみならず、体つきも悩ましい。

暑い盛りで着衣が薄いとあれば尚のこと、目の毒だ。

菊千代は若様のように、性の目覚めを許されぬ環境で過ごしてきたわけではない。

いつになく固い動きは、一向に直らない。

若様はもとより柚香も、何故のことなのか分かっていなかった。

「御畏れながら、ちと御休息をなされませ」

「さ、左様か」

怪我をするのを危ぶんだ柚香の申し出に、菊千代はぎこちなく首肯した。

若様は控えていた御側仕えの者たちを急ぎ集め、縁側に席を用意させた。

影指南だった頃と違って、今は人目を気にするには及ばない。

とはいえ御公儀から清水家に差し向けられた御附衆の中には若様に嫉妬し、表向きだけ礼儀正しく振る舞う手合いも未だ多かったが、菊千代が自ら選んで召し抱えた者たちは若様の人柄に感じ入り、敬意を表しながらも微笑ましく、稽古ぶりを見守るのが常だった。

「されば、こちらにて御上覧くだされ」

「心得た」

若様に答える菊千代は、いつもの落ち着きを取り戻していた。

年頃の少年にとって成熟した年上の女人が目の毒なのはやむなきことだが、今は二人の立ち合いに寄せる関心が勝っている。

若様が強いことは、もとより菊千代も承知の上だ。

しかし柚香も弱いわけではない。

模範を示すための組手とはいえ、いい勝負になる予感がある。

その期待に応えるべく、若様と柚香は向き合った。

間合いを置いて正対し、礼を交わす。

次の瞬間、二人は足元を蹴って跳ぶ。

「ハッ」

「エイ」

間合いを詰めざま、気合いも鋭く拳を交わす。

二人の応酬を前にして、菊千代の丸い顔が輝いた。

「おお……」

どんぐり眼を見開いて、一瞬たりとも見落とすまいと目を凝らす。

若様と柚香の攻防は、範を示すにふさわしい出来であった。

両者の実力の差が程よいが故のことである。

若様も手加減してはいるものの、気を抜くことはできない。

それだけの強さを柚香は備えているからだ。

柚香の力量が若様の足元にも及ばぬ程度であれば、手加減をしていることが素人目にも分かってしまう。

まして菊千代は定信が下地を鍛え、今は若様の指南を受ける身だ。柚香が余りにも弱ければ立ち合いに寄せる関心はたちまち薄れ、その無自覚な色香にまたしても目を奪われていたであろうが、そんな素振りは微塵もなかった。

「エイ！」

柚香が繰り出す手刀をかわし、若様は飛び退《すさ》る。

もとより逃げたわけではない。

新たな攻めに転じるべく、間合いを取り直したのは柚香も同じ。

印《いん》を結んだ若様に対し、柚香が唱えるのは摩利支天経《まりしてんきよう》。

いずれも我が身を鋼《はがね》に変えて敵を制さんとする、拳法の極意だ。

若様が学び修めた拳法は、かの少林寺の直系の技。

対する柚香のタイ捨流は、開祖の高弟だった伝林坊来慶《でんりんぼうらいけい》が唐土から持ち込んだ拳法を剣術と融合させ、独自の進化を遂げた一派だ。

故に異なる部分は多々あれど、根底に相通じるものがある。

二人は再び前に出た。

「エーイ！」

気合いも高らかに柚香が放った蹴りを、若様は無言で迎え撃つ。

後の先で繰り出す左の受け手が蹴りを捌き、右の正拳突きが唸りを上げる。

寸止めにした鉄拳に制され、柚香は着地したまま動きを止めた。

「見事じゃ」

「父上⁉」

菊千代がどんぐり眼を剝いた。

手練の二人を褒め称えんとした機先を制したのは家斉だ。

吹上御庭を散策しに出た足で、またしても忍んで来たらしい。

困ったことだが、相手は征夷大将軍。

息子であっても礼を失するわけにはいかない。

菊千代は庭に降り立つや、深々と頭を下げた。

若様と柚香はいち早く、その場で揃って平伏している。

「苦しゅうない、苦しゅうない」

一同に呼びかける家斉は上機嫌。

鷹揚《おうよう》な笑みを絶やすことなく歩み寄ってくる。

後に続く御側仕えの面々の中には、清茂の姿も見える。

若様はもとより柚香にも敵意を示すことなく、神妙な面持ちであった。

十

その頃、南北の町奉行は久方ぶりに杯を酌み交わしていた。

下城した足で寄り道したのは鎮衛が懇意にしている、小さな寺の庫裏《くり》である。

「若様の女難、なかなかに鎮まらぬようですな」

こたびの顚末を聞き終え、正道は苦笑交じりにつぶやいた。

「それもまた、天の定めというものであろうよ」

対する鎮衛の顔には鷹揚な笑み。

精進料理の膳を前にして、般若湯が注がれた杯を干す。

「銚子屋のお陽に、相良の柚香姫……まさに両手に華にござり申すな」

「左様。それぞれ趣《おもむき》は異なれど、いずれ劣らぬ名花であるのは間違いないからの」

「我ら町方としては銚子屋のお転婆《てんば》娘を娶《めと》っていただき、江戸の商人たちとの繋がりを強固にしてもらいたいところでござるが……」

「上様は相良の暴れ姫が望ましいであろうの」

「さもあり申そう。薩摩に睨みを利かせるためには、相良忍群の力が向後も要《い》り用でござろうよ」

「上様が外戚になられて久しいとは申せ、島津侯は油断がならぬお方である故な」

「いずれにせよ、若様の御心次第でござろう」

「もとより無理を強いては相なるまいよ。そこのところは上様も御承知おきであらせられるはずじゃ」

「菊千代様におかれては、やはり柚香姫を御贔屓に？」

「姉が出来たようだと喜んでおられるそうじゃ」

「相良の若殿もうかうかしては居られませぬな」

「相手が清水徳川の御当主と申せど、大事な姉を譲りはすまい」

「若様を巡りてお陽と柚香姫が火花を散らし、柚香姫には菊千代様と相良の若殿……げに羨ましきことでござる」

「左様に申すな。年寄りには年寄りのなすべきことがある故な」

「もとより心得ており申す」

「されば備後守、件の人選は調うたかの？」

「ははっ」

「誰にするのじゃ」

「今は役方を務めおり申す、神田《かんだ》に任せようかと」

「その者ならば存じておるぞ。能吏なれども万事が袖の下次第の、地獄の沙汰も何とやらを地で行く輩と言われておるそうだの」

「我が配下なれど、実に食えない男にござるよ」

「言うては何だが、以前のおぬしのようでもあるな」

「ご明察。そこが狙い目にござり申す」

「さもしき輩の耳目《じもく》を集めさせ、その隙を八森と和田に狙わせる……か」

「さもなくば、神田が如き守銭奴《しゅせんど》を取り立てる甲斐がござらぬ」

「ははは。左様な理由の御役目替えとは、当の神田は夢にも思うまいよ」

「して肥前守殿、南の隠密廻は？」

「定廻から中田《なかた》と古谷《ふるや》の両名を取り立てる所存じゃ」

「ほう。肥前守様がご配下でも指折りの者たちではござらぬか」

「もとより任に足ると見込んでのことぞ。こちらの隠密廻は北と違うて、目くらましではないのでな」

「あの両名ならば抜かりはござるまい。番外の衆が陰にて助けるとあれば、尚のことでござり申そう」

「そういうことぞ。若様はもとより沢井と平田にも引き続き、大いに励んでもらわねば相ならぬ」

「こちらも八森と和田あってのことにござれば、まだまだ老け込ませるわけには参りませぬよ。表向きは隠居の扱いになり申すが、妻子を養うに足る俸禄を陰扶持として与える所存にござる」

「そうしてやらねばなるまいの。身重の若い嫁を抱えし八森ばかりか、和田の許にも赤ん坊が参ることに相成ったのであろう?」

「楽翁様がお骨折りにて左様な次第になり申した。和田の妻女は殊の外の喜びようで微笑ましい限りにござる」

「それは重畳……さぞ八森も安堵したことだろうよ」

「仰せのとおりにござり申す」

正道は笑顔で頷いた。

南北の町奉行が二人きりで交わす話は、明くる年――文化十年（一八一三）の人事に向けてのことである。

それは後の世にも史実として伝わっていることだ。

南北の町奉行所で廻方を務めた同心たちの記録において隠密廻の存在が明らかにされたのは文化十年が初出とされる。

南町奉行所の隠密廻は二名。

中田圓助《えんすけ》、数え年不詳。

古谷武右衛門《たけえもん》、数え四十一。

圓助は奉行所勤めを始めた年も定かでないが、武右衛門は天明六年（一七八六）と記載されており、十五の年に見習い同心になったと分かる。

共に組に属しており、圓助は二番組。武右衛門は三番組。

北町奉行所の隠密廻は一名だ。

神田造酒右衛門《みきえもん》。数え六十。

造酒右衛門の勤め始めは明和《めいわ》六年（一七六九）の水無月。

十七の年に見習いとなり、所属したのは三番組。

必要に応じて増役《ましやく》と称する補充の人員を加えた態勢も採られたが、基本は南北共に定員二名。

それまで姓名はもとより存在そのものが伏せられていた隠密廻が何故に、公の記録である町鑑《まちかがみ》に載るようになったのかは定かでない。

一つだけ言えるのは、何事も表があれば裏もある——という自明の理だ。

「南の江戸川に尾久《おぐ》、北の八森に和田……お江戸に町奉行という御役目が作られし頃より続きし四家も、表向きは御役御免ということに相成るの」

「その昔、中町《なかまち》奉行の下には森須《もりす》に流葉《ながれば》なる、腕利きの隠密廻が居ったそうでござり申すな」

「うむ。本職の盗人どもも顔負けの手練であったそうだ」

「仄聞しており申す。類い稀なる腕を存分に振るい、浅野《あさの》侯の遺恨を晴らさんとする赤穂《あこう》の浪士《ろうし》たちを陰で助《す》けておったとか……」

「流石の吉良《きら》様も、さぞ肝を冷やされたことであろうよ」

「その中町も今は無く、南と北のみとなり申した」

「町奉行が三人居らば、月番もいま少し楽であろうがの」

「言うても詮無きことにござる」

苦笑を浮かべた鎮衛の杯を、すかさず正道は満たした。

「我らの後に町奉行の御役に就く者たちのためにも、せいぜい励みましょうぞ」

「もとより承知ぞ。よく言うてくれたのう、備後守」

「痛み入り申す。これも肥前守様のお導きあってのことにござるよ」

「ふっ、変われば変わるものだのう」

照れ臭そうな正道を笑顔で見返し、鎮衛は酒器を取る。

「若きも老いもそれぞれに、できることをして参ろうぞ。華のお江戸を少しでも住み良き処とするために、のう」

「ははっ」

共に満たした杯を、二人は目の高さに持ち上げた。

暦の上では秋を迎えても、障子越しに照り付ける日差しは変わらず熱い。

その熱さに劣らぬ気概を抱き、華のお江戸の護り人――南北の町奉行としての決意を新たにする鎮衛と正道であった。

時代小説

二見時代小説文庫

南町《みなみまち》番外同心《ばんがいどうしん》4 幻《まぼろし》の御世継《およつ》ぎ

二〇二三年 九 月二十五日 初版発行

著者 牧《まき》 秀彦《ひでひこ》

発行所 株式会社 二見書房
〒一〇一-八四〇五
東京都千代田区神田三崎町二-一八-一一
電話 〇三-三五一五-二三一一［営業］
〇三-三五一五-二三一三［編集］
振替 〇〇一七〇-四-二六三九

印刷 株式会社 堀内印刷所
製本 株式会社 村上製本所

落丁・乱丁本はお取り替えいたします。定価は、カバーに表示してあります。

 ISBN978-4-576-23103-7
https://www.futami.co.jp/

森 真沙子

柳橋ものがたり

シリーズ

完結

①船宿『篠屋《しのや》』の綾《あや》
②ちぎれ雲
③渡りきれぬ橋
④送り舟
⑤影《かげ》燈《どう》籠《ろう》
⑥しぐれ迷い橋
⑦春告げ鳥
⑧夜明けの舟唄
⑨満《まん》天《てん》の星
⑩幻燈おんな草紙

訳あって武家の娘・綾《あや》は、江戸一番の花街の船宿『篠屋《しのや》』の住み込み女中に。ある日、『篠屋』の勝手口から端正な侍が追われて飛び込んで来る。予約客の寺侍・梶原だ。女将のお簾は梶原を二階に急がせ、まだ目見え（試用）の綾に同衾《どうきん》を装う芝居をさせて梶原を助ける。その後、綾は床で丸くなって考えていた。この船宿は断ろうと。だが……。

二見時代小説文庫